संजीव मोंगिया की कहानियां

संजीव मोंगिया

ISBN 979-8-88749-330-5

विषय सूची

1. दुकानदारी

रोशन लाल की चाट पकोड़ी' शहर में 'गोल गप्पे' की महशूर दुकान थी. इस शहर का कोई ऐसा बाशिंदा नहीं होगा, जिसने कभी इस दुकान का रुख नहीं किया हो. शाम होते ही यंहा भीड़ इकठी हो जाती है, यंहा की बिकने वाली हर चीज का स्वाद ऐसा की लोग उंगलिया चाटते रह जाये. इस दुकान की शुरुआत इस दुकान के मालिक सोहन लाल के पिता रोशन लाल ने कभी एक ठेले से शुरू की. उनकी ऊँगली में जाने क्या जादू था, जिससे लोग उनके गोल गप्पे, चाट पापड़ी आदि के दीवाने हो गये. उनकी मौत के बाद, सोहन लाल ने उस स्वाद को न केवल बरकरार रखा बल्कि ठेले को एक दुकान की शक्ल दे दी. हाँ इतना फर्क जरुर हो गया था, काम बढ़ने के साथ उसने दुकान में दो तीन कारीगर जरुर रख लिए. आमदनी अच्छी होती गई. क्योकि सोहन लाल बचपन से ही अपने पिता जी के साथ काम धंधे में जुट गया था. वो पढ़ नहीं पाया, जिसकी कमी उसे हमेशा खलती थी. अंकित उसका इकलौता बेटा था. क्योकि, घर में पैसे की कोई कमी नहीं थी, उसने अंकित को कान्वेंट स्कूल में पढ़ाया. अंकित भी पढाई में होशियार निकला. ग्रेजुएट होने के बाद, अंकित ने बिज़नेस करने के सोची. मोहन लाल को उसमे कोई आपति नहीं थी. अंकित ने एक कंप्यूटर ट्रेनिंग इंस्टिट्यूट खोला, जिसका सारा खर्चा मोहन लाल ने खुद उठाया. क्योकि उस समय कंप्यूटर एजुकेशन शुरुआती दौर में था. अंकित का बिज़नेस दिन दुगनी रात चौगनी तरक्की करने लगा. उसके सेंटर में स्टूडेंट्स की भरमार थी. चूँकि आमदनी बहुत अच्छी थी, अंकित ने नया घर और गाड़ी भी किश्तों में ले ली. दो तीन साल अच्छा चलता रहा. लेकिन इतने कम समय में इतना ज्यादा पैसे कमाने से अंकित हवा में उड़ने लगा. उसे अब एक खास स्टेटस की पहचान की जरुरत थी और उसने अपनी शादी को भी उससे जोड़ लिया था. उसे अपने पिता जी की 'चाट पकोड़े' की दुकान अपने स्टेटस में सबसे बड़ा रोड़ा लगती नजर आ रही थी. उसने अपने पिता सोहन लाल को कई बार दुकान को बेचने की बात की.लेकिन सोहन लाल यह कर मना कर देता की वो अंकित की खुशी के लिए दुकान बेच तो सकता है, लेकिन इस दुकान के साथ उसके पिता जी का नाम जुड़ा है बल्कि आज दुभी लोग इस दुकान में बिकने वाली चीजो

को खा कर उसके पिता जी को याद करते है. और यह चीज उसे पैसो से ज्यादा ख़ुशी देती है. दुकान बेचकर वो अपने पिता जी की आत्मा को दुःख कैसे पहुंचा सकता है.लेकिन अंकित को तो जैसे स्टेटस का भूत सवार था. वो अपने पिता से अलग अपने खरीदे हुए घर मे रहने लगा. लेकिन वो भूल गया, समय हमेशा एक सा नहीं रहता. क्योकि अब कंप्यूटर स्कूलों में भी पढ़ाया जाने लगा, धीरे धीरे उसके इंस्टिटट्यूट मे स्टूडेंट्स की कमी होने लगी. और एक साल मे उसे अपने घर और कार की किश्त देनी मुश्किल हो गयी. और कुछ समय बाद उसे अपने इंस्टिटट्यूट को ताला लगाना पड़ा. यंहा उसने अपने घर में नौकर चाकर रखे हुए थे, वंहा उसे खाने के लाले पड़ गये. अपने पिता जी के पास वापिस उसके जाने की हिम्मत नहीं हुई आखिर किस मुँह से वापिस जाता. थोड़े समय बाद, उसे अपने गुजारे के लिए उसने अपने दोस्तों से उधार मांगनी शुरू कर दी. यह बात सोहन लाल के कानो पर पहुंची, वो आखिर कार एक हिन्दुस्तानी बाप था, अपने बेटे को मुसीबत में कैसे देख सकता था. जैसे ही वो अंकित के पास पंहुचा, अंकित उससे लिपट कर रोने लगा. सोहन लाल ने अंकित से कहा, अरे एक बिज़नेस नही चला तो फिर क्या हुआ. दूसरा बिज़नेस कर लो, तेरे बाप के पास कोई पैसो की कमी है. यह सुनकर तो अंकित और भी फुट फुट कर रोने लगा. थोड़ी देर चुप रहने के बाद बोला. नहीं पिता जी, अब तो बिज़नेस होगा वो तो दादा जी के नाम से ही होगा. आज जो, हल्दी राम, बीकानेर जैसे बड़े नाम है वो भी तो कभी हमारे जैसे होगे. इसके बाद अंकित ने खूब मेहनत की, आज 'रोशनलाल स्वीट्स' के नाम से उनके चार रेस्तरां इस शहर मे है. इतना ही नहीं, स्टेटस नाम का भूत अंकित के सिर से ऐसे भागा, की उसने एक गरीब लडकी से शादी की बिना किसी तड़क भड़क के. 'रोशन लाल की चाट पकोड़ी' की दुकान आज भी उसी जगह है और कभी कभी अंकित को खुद अपने हाथो से अपने ग्राहकों को गोल गप्पे खिलाते हुए देखा जा सकता है. शायद वक्त अच्छे अच्छे को सिखा दे देता. एक बात और हम नई पीढ़ी के लोग अपने आप को ज्यादा समझदार और पढ़ा लिखा समझते है, लेकिन भूल जाते है की बड़ो की बातो और फैसलों के पीछे उनकी जिन्दगी भर का अनुभव छिपा होता है, जिसे हम नजर अंदाज नहीं कर सकते है. और आखिर मे, जिस काम मे घर के बड़े बूढ़ों का आशीर्वाद होता है उसमे ज्यादा बरकत होती है. बाकि मानना या नही मानना, आपकी मर्जी...

2. ईमानदारी

हरियाण बॉर्डर से सटा उतरी दिल्ली का एक कस्बा है नरेला, आज तीन बेटियों के बाप मास्टर ओमप्रकाश को तीस साल से ज्यादा हो गये ट्यूशन पढाते पढाते इस इलाके मे. ओमप्रकाश जी ने सोनीपत के हिन्दू कॉलेज से ऍम ए और रोहतक यूनिवसिर्टी से बीएड करने के बाद किसी स्कूल मे टीचर की नौकरी करने के बजाय,प्राइवेट ट्यूशन पढ़ाना ही ज्यादा मुनासिब समझा.इस इलाके मे अंग्रेजी और गणित के अध्यापक की हमेशा मांग रही है, इस लिए ओमप्रकाश के पास कभी काम की कभी कमी नही रही. वो हमेशा दिल से और पूरी मेहनत से पढ़ाते रहे और ऊपर से उन्होंने अपनी फीस भी हमेशा बहुत कम रखी. इसलिए इस इलाके मे उनको बहुत सम्मान की नजर से देखा जाता है. लेकिन आज ओमप्रकाश जी को एक मुश्किल के दौर से गुजरना पड़ रहा है. ओमप्रकाश की पहली दो बेटियों की शादी तो ठीक ठाक हो गयी है. लेकिन छोटी बेटी का रिश्ता कुछ ज्यादा ही बड़े घर मे तय हो गया. लड़के वालो के घर से कोई डिमांड तो नहीं थी, फिर भी ओमप्रकाश जी शादी को लड़के वालो के हैसियत के हिसाब से ही करना चाहते थे. उनके हिसाब से शादी मे 4 लाख का खर्चा आएगा. 3 लाख है उनके पास, लेकिन 1 लाख का उन्हें और जुगाड़ करना था. ऐसा नही था कि इस इलाके मे सेठ साहुकारो की कमी है या उनकी ईमानदारी पर किसी को कोई शक है. लेकिन इन सबका कर्जा देने का एक ही दस्तूर था, वो था गिरवी देकर कर्जा देना. और इस दस्तूर की दीवार तोड़ने की हिम्मत किसी मे भी नजर नहीं आ रही थी. ओमप्रकाश सेठ साहूकारो के चक्कर काटते काटते परेशान से हो गये. उनके पास गिरवी रखने के लिए अपने पुशतैनी मकान के कागज है. लेकिन उसके लिए उनकी अन्तरआत्मा से आवाज नहीं आ रही. उन्हें ऐसे लगता है की जैसे वो कागज को गिरवी नहीं बल्कि अपने पुरखो की इज्जत दांव पर रख रहे हो. थक हार वो घर लौटे तो बिस्तर पर लेट गये. अभी लेटे हुए, आँख भी नही लगी थी की किसी ने दरवाजे पर दस्तक दी. ओमप्रकाश जी ने दरवाजा खोला तो देखा डाकिया खड़ा हुआ था मनीआर्डर के लेकर. पूरे पांच हज़ार का मनीआर्डर था, जो उनके ममेरे भाई ने भेजा था. ओमप्रकाश को याद आया, उसने सब रिश्तोदारो को चिठ्ठी लिखी थी, कुछ मदद के

लिए. ओमप्रकाश जी को कुछ ढाढस मिला, चलो कोई तो है उनके दुःख दर्द मे साथ. ऐसे समय ही पता चलता है, कौन अपना है और कौन पराया.

अगले दिन वो इन पैसो को लेकर बैंक पहुच गये, जमा कराने के लिए. पास बुक पूरी कराई तो उनको अपनी आँखों पर भरोसा नहीं हुआ. पूरे 1 लाख रूपये ज्यादा थे. एक बार तो उन्हें लगा कोई चमत्कार हुआ है. लेकिन अगले ही पल उन्हें अपनी जिम्मेदारी का एहसास हुआ. उसमे बैंक वाले से बात की. कैश काउंटर पर बैठे बाबू ने बताया हुकुमचंद आढती ने पैसे जमा कराये है. वो एक घंटा पहले ही आया था. उसने आप का अकाउंट नंबर पूछा. बोला,मास्टर जी को पैसे देने थे. लेकिन जिस पर्ची पर अकाउंट नंबर लिखा था, वो गुम हो गयी है.

ओमप्रकाश जी वो पैसे लेकर सीधा हुकुमचंद आढती के घर पहुँच गये और पूछा, भई ये क्या माजरा है? हुकुमचंद ने मास्टर जी के पैर छुए और बोले मास्टर जी आपको याद है आज से लगभग 28 साल पहले मै आपके पास ट्यूशन पढ़ने आया था और मैंने आपको बोला इस महीने मेरे पास पैसे नहीं है,अगले महीने दे दूंगा और पता है वो अगला महीना कभी नहीं आया. मै पूरे दो साल आपसे पढ़ता रहा,लेकिन आप ने मुझसे कभी फीस देने को नहीं कहा. और तो और मास्टर जी आप की आवाज आज भी मेरे कानो मे गूंजती है, 'हुकमी, सब समझ आ रहा है न बेटा, जब भी समझ न आये तो पूछ लेना'. ओमप्रकाश मास्टर जी ने जवाब दिया, एक बिना बाप के बच्चे से मै यदि पैसे मांगता तो मर कर भगवान को क्या मुंह दिखाऊँ गा, यही सोच कर मैंने पैसे नहीं लिए. यही तो मास्टर जी मै रात भर सोचता रहा. जब आप कल सूरज मल सेठ के वंहा से लौट रहे थे तो मेरी नजर आप पर पड़ी. सूरज मल ने मुझे बताया की आपको 1 लाख रूपये की जरुरत है. मास्टर जी, यह पैसे तो आपको रखने ही पड़ेगे या तो गुरु दक्षिणा समझ कर रख लो या एक भाई का अपनी बहन के लिए उपहार और यदि नही लिए तो मेरा मरा मुंह देखोगे.ये शब्द ऐसे थे की ओमप्रकाश जी के पास कोई चारा नहीं था वो पैसे लेने के. सच तो यह है जब किसी को अपना कर्जा चुकाना होता है और उसकी नियत साफ़ हो तो उसे ऐसे ही शब्दों को बोलना पड़ता है, जैसे हुकमचंद ने बोले, नहीं तो आज कल तो लोग दिखावा करते ही रह जाते है.

3. समय की जरूरत

दिल्ली शहर के दक्षिणी इलाके की एक साधारण मार्केट.अचानक इस मार्केट की मेट्रो से जुड़ने की वजह से एक हरकत सी आ गयी. जंहा कभी ठीक ठीक सी भीड़ होती थी. वंहा अब पैर रखने की जगह नही होती. लेकिन जब समय करवट बदलता है, तो लोगो को भी बदलना पड़ता है. कुछ वक्त की आहट पहचान लेते है और कुछ नहीं पहचान पाते और कुछ पहचान के भी उसे अनदेखा कर देते है. इस मार्किट मे बहुत से दुकानदार ऐसे भी थे, जिनके पुशतैनी धंधे कई पीढ़ियो से चल रहे थे, लेकिन उन्होंने वक्त की आहट को पहचाना. फलस्वरूप, उन्होंने अपनी दुकाने बड़े बड़े औद्योगिक घरानों के ब्रांडेड शो रूम्स को किराये पर दे दी. असल बात तो ये थी की कुछ दुकानदार, पूरी मेहनत करके भी इतना नहीं कमा पाते थे, जितना की उन्हैं किराया मिल जाता था. लेकिन इस मार्किट में एक ऐसा शख्स भी था, जिसने वक्त की आहट सुनकर भी उसे अनसुना कर दिया. वो शख्स था 75 साल का ऒम प्रकाश. और उसकी दुकान भी कुछ खास न थी. उसके पास दुकान के नाम पर थी एक साधारण सी परचून की दुकान थी, और वो भी उसी की जिन्दगी की तरह बेतरतीब और बिखरी बिखरी. लेकिन उसने अपनी दुकान को किराये पर देना मुनासिब न समझा. ओमप्रकाश की पत्नी का स्वर्गवास पांच वर्ष पहले ही हो चुका था. उसके परिवार मे दो विवाहित बेटे थे. एक रमेश और दूसरा जगदीश. दोनों का भरा पूरा परिवार था. सब लोग मिल कर रहते थे.लेकिन ओमप्रकाश इतने लोगो के बीच भी अकेला था. बहुए उसे घास तक नहीं डालती थी. अभी तो यह आलम था की घर का सारा राशन ओमप्रकाश की दुकान से ही आता था और ओमप्रकाश लगभग अपनी सारी कमाई का बहुत बड़ा हिस्सा अपने दोनों बेटो मे बाँट देता. इसके बावजूद ओमप्रकाश ने अपना खाना बनाने और दूसरे काम के लिए एक फुल टाइम मेड रखी हुई थी. लेकिन उसे कभी अपने घर वालो का प्यार नहीं मिल पाया. उसका एक बेटा रमेश एक प्राइवेट कम्पनी में एकाउंटेंट था और दूसरा सॉफ्टवेयर इंजिनियर. था. लेकिन ओमप्रकाश की मुश्किलें तब और बढ गयी. जब से दुकान का मार्किट मे किराया आसमान छूने लगा. सच पूछा जाए तो यंहा मार्किट मे इस का किराया आज की तारीख मे दो से ढाई लाख हर महीने का

था, वंहा ओमप्रकाश की घिसी पिटी दुकान मुश्किल से सतर अस्सी हज़ार कमा के देती थी. ओमप्रकाश का मानना था, जिस दिन वो दुकान किराये पर दे देगा, वो ज्यादा जी नहीं पायेगा. उसके लिए दुकान के मसालों की गंध और उसके ग्राहक के चेहरों की मुस्कराहट ही उसके लिए जिन्दगी का मतलब बन चुकी थी. उनके बिना वो रहे भी तो कैसे. ऐसा नहीं था की ओमप्रकाश के दोनों बेटे मेहनती नहीं थे. लेकिन वो भी इतने बड़े अर्थिक नुकसान को हजम नही कर पा रहे थे. ऊपर से दोनों की बीबियो ने उनका जीना हराम कर रखा था. फिर उस एक्शन का रिएक्शन ओमप्रकाश पर आ जाता.रमेश और जगदीश, अपने पिता को परचून की दुकान बंद होकर किराये पर देने के लिए कहते. और ओमप्रकाश जी थे ,की वो अपनी जिद पर अड़े हुये थे. फलस्वरूप घर मे आये दिन कलेश रहता.

ओमप्रकाश की इकलौती बहन अमेरिका रहती थी. एक दिन उसका फोन आया की उसका पोता वैभव दिल्ली आ रहा है और उनके घर ही रुके गा. उसके घर आने पर दो दिन तो घर पर शान्ति रही. लेकिन लावा कब तक दब के रह सकता था और तीसरे दिन ज्वालामुखी फूट ही पड़ा. इतना ही नही इस ज्वालामुखी के लपेटे मे वैभव भी आ गया. और न चाहते हुए भी उसे न्यायधीश की कुर्सी पर बिठा दिया गया. घर की बहुयो ने घर का सारा लेखा जोखा सुना दिया.और उसे ओमप्रकाश को समझाने के लिए कहा.वैभव रात को बिस्तर पर करवटे बदल कर सोच रहा था, एक बार उसके दिमाग मे आया की वो कुछ दिन का ही तो मेहमान है, इसलिय उसक मूक दर्शक बन कर रहना ही ठीक होगा. लेकिन बात कुछ और थी वो खुद एक अमेरिका के एक बहुत बड़ी कम्पनी में मैनेजर था, और लोग उसे मैनेजमेंट का गुरु कहते थे और कम्पनी मे उसके दिमाग का लोहा माना जाता था. वो वैसे तो एक महीने की छुट्टी लेकर इंडिया घुमने आया था. लेकिन लगा, आखिरकार ये उसकी दादी के भाई का परिवार है. इंडिया तो वो कभी भी घूम सकता है. लेकिन यदि वो परिवार को इस समस्या से निजात नहीं दिला सका तो वो कभी अपने आप को माफ़ नहीं कर सके गा.आखिरकार उसने उस सम्स्या का हल निकाल लिया

अगले दिन उसने ओम प्रकाश और रमेश और जगदीश तीनो को इकठे बुलाया. उसने उनको समझाया की जब दुकान का मार्किट मे किराया दो ढाई लाख है तो ऐसा क्या है की वो लोग खुद इससे ज्यादा पैसा नहीं कमा सकते. बस जरूरत है की इस परचून की दूकान को एक आधुनिक रूप देने की. उन्हें दुकान को नई शक्ल देनी होगी. नये आइटम्स दुकान मे रखने पड़ेगे. हाथ के बजाय बिल को कम्प्युटराइज करना पड़ेगा.दुकान का फर्नीचर बदलना पड़ेगा, ताकि दुकान मे ज्यादा से ज्यादा सामान आये

और ग्राहक भी. उसने आश्वासन दिया, वो इस सब मे उनकी मदद भी करेगा. ओमप्रकाश को इस सब मे कोई आपति नहीं थी. दोनों भाई न सिर्फ मेहनती थे बल्कि होशियार भी,उन्हें भी सारी बात समझ में आ गयी. उन्होंने भी अपने काम से छुट्टी ले ली और सब मिल कर दुकान को नई शक्ल देने मे जुट गये. कुछ ही समय बाद वो दुकान न सिर्फ उस मार्केट मे मशहूर हुई बल्कि दूर दूर से लोग उस दुकान से सामान खरीदने आने लगे.आज ओमप्रकाश का परिवार बहुत खुश है. दुकान की कमाई और काम इंतना बड़ गया है की रमेश का बड़ा बेटा तो इसी दुकान पर सेट हो गया. दादा और पोता दोनों मिल कर काम करने पर बहुत खुश है. हा, वैभव जरुर अपनी छुट्टियां एन्जॉय नही कर पाया. लेकिन इस परिवार से उसका एक खास रिश्ता जरुर जुड़ गया. आखिरकार, उस के एक बलिदान ने कितने लोगो की जिन्दगी खुशहाल बना दी. एक कलह पूर्ण परिवार से खुश हाल परिवार, उसी की सूझ बुझ की देन है.ऐसा मौका भी हरेक के नसीब मे नहीं होता.

क्या आप भी वैभव की जगह होते तो क्या वो क्या सब कर पाते, जो उसने किया. मेरे ख्याल से बहुत कम लोग दूसरो की खुशी मे अपनी ख़ुशी ढूंढ पाते है.

4. अतिथि देवो भव

योगेश का सुनीता से अरेंज मेरिज हुई थी. शादी के बाकी सब तो ठीक रहा.. लेकिन, सुनीता का, योगेश के घर से किसी रिश्तेदार या मेहमान का आना पसंद नही था.इसके पीछे क्या कारण था, उसके बारे में कुछ भी कहना बहुत मुश्किल था. जबकि योगेश के साथ, ऐसा कुछ नही था. वो काफी मिलनसार और खुशमिजाज व्यक्ति था.उसे लोगो के साथ उठाना बैठना पसंद था. दोनों की, इस बात को लेकर काफी कलह हो जाती.

अब तो शादी के बाद इतने साल हो गये थे. योगेश भी सुनीता की आदत से अच्छी तरह वाकिफ हो गया था. ज्यादा क्लेश ना हो, इसलिए वो अपनी तरफ से कोशिश करता था की, उसके घर ज्यादा आना जाना ना हो. लेकिन एक दिन, उसकी माँ जी के चचेरे भाई का फोन आ गया.जिन्हें वो मामा जी कहता था. मामा जी ने उन्हें बताया की, उन्हें किसी वजह से दिल्ली आना पड़ रहा है, उनके किसी नजदीकी मित्र की आकस्मिक मृत्य हो गई. बस एक ही रात रुकना है. अगले दिन ही फ्लाईट से चले जायेगे.

अपने मामा जी की बात सुनकर योगेश, टेंशन में आ गया. अब फिर घर में क्लेश. वो सोचने लग मामा जी करोड़ोपति है, उनका अच्छा खासा बिजनेस है, दोनों बेटे, शहर के नामीगिरामी डाक्टर है, दोनों के बड़े बड़े हस्पताल है. वो होटल में कमरा बुक नही कर सकते थे. देखा जाए तो सिर्फ नाम की तो रिश्तेदारी है. किसी खास मौके पर ही तो मिलना होता है. चलो अब क्या कर सकते है.

जैसे ही योगेश ने सुनीता को अपने मामा के आने की खबर सुनाई, सुनीता ने अपना मुंह बना लिया और दोनों में कहा सुनी शुरू हो गई, सुनीता की एक खास बात थी, वो पीठ पीछे,जैसे मर्जी थी. लेकिन, एक बार कोई मेहमान घर पर आ जाये तो उसकी आवभगत में कोई कसर नही छोडती थी. और ऐसा ही,योगेश के मामा जी के आने पर हुआ.. सुनीता ने मामा जी के आवभगत में भी कोई कसर नही छोड़ी.

रात के भोजन में, सुनीता ने एक से बढ़ कर व्यजंन तैयार किये. और सुबह, एक दम बढिया नाश्ता. और सिर्फ यही नही, सुनीता का बात करने का तरीका भी बहुत अच्छा था, बाते भी देवो बहुत मीठी मीठी करती था.

खैर, मामा जी का ज्यादा देर रुकने का इरादा नही था. जैसे ही वो अपने मित्र के, अंतिम संस्कार से लौट कर आये. नहा धोकर, अपनी फ्लाईट पकड़ने के लिए तैयार हो लिए. निकलने के लिए जूते पहन ही रहे थे.

उसी समय योगेश और सुनीता का छोटा बेटा, स्कुल से वापिस आया.

मामा जी ने उसे देखा, और सुनीता से पुछा, अरे बहु, यह राकेश लंगड़ा कर,क्यों चल रहा है.. सुनीता ने जवाब दिया, अरे क्या बताऊ मामा जी. पिछले साल, किसी दोस्त की मोटर साईकिल से गिर गया था, और मोटर साईकिल पैर पर, फ्रेक्चर आ गया था. लेकिन हड्डी ढंग से जुड़ नही पाई. फिर हमने भी उम्मीद छोड़ दी.

यह सुन कर मामा जी ने जवाब दिया, 'अरी क्या बात करती है बहु, तेरा जेठ, इण्डिया का सबसे बड़ा हड्डियों का डाक्टर है, उसका अपना हस्पताल है, और योगेश ने मुझे बताया नही. अरे इसकी जिन्दगी का सवाल और इतनी लापरवाही.'

फिर आगे बोले,.'मेरी फ्लाईट में अभी टाइम भी है और उसमे सीट भी खाली है. बस तू उसे तैयार कर दे. मै इसे साथ लेकर जा रहा जाउगा और इसको ठीक करके वापिस लाउगा'.

सुनीता को एक उम्मीद की नजर आई. वो इंकार कर नही सकी. एक महीने बाद उसका बेटा राकेश, बिलकुल ठीक ठाक मामा जी के साथ वापिस घर पर था. योगेश और सुनीता की ख़ुशी का कोई ठिकाना ही नही था. फिर योगेश को जैसे कुछ याद आया, 'अरे मामा जी, राकेश के इलाज में कितना खर्चा आया है. मुझे वो भी तो आपको देने है '. मामा जी ने योगेश को झिड़क कर जवाब दिया, 'हां हा मुनाफा कमाने के लिए अपने बेटे बहु ही रह गये. खबरदार, ऐसी कोई बात करी भी तो '.तेरे को पता,है जब पिछली बार मै दिल्ली आ रहा था, तो सोनू (मामा जी का बेटा). क्या बोल रहा था. पापा, मेरे पास फाइव स्टार होटल का स्टे पास कम्पलीमेटरी पड़ा है. आप वंही ठहर जाइए, नही तो वो बेकार चला जायेगा. मैंने जवाब दिया, अरे बेटे योगेश का घर होते मै दिल्ली में ठहरू, यह कैसे हो सकता है. भांजे और बेटे में कोई फर्क थोड़े ना होता है.

यह सब सुन कर योगेश तो बहुत शर्मिंदा हुआ ही, लेकिन सुनीता की हालत तो ऐसी थी जैसे काटो तो खून नही.... वो मन ही मन ही सोच रही थी.अभी तक तो सुना था अतिथि देवो भव.......यंहा तो अतिथि की जगह स्वय भगवान ही आ गये.. —

5. समयवीर

मौका था, बिजेनेस टाईकून योगेश भंडारी के नये शो रूम के उद्घाटन का. शहर की हर जानी मानी हस्ती इस मौके पर मौजूद थी. बस इंतजार था, मिनिस्टर साहब का, जिनके कर कमलो द्वारा शो रूम का उद्घाटन होना था.

भंडारी साहब भी क्या करते, अपनी मित्र मंडली में बैठ कर गप्पे हांकने लगे. एक मित्र थोड़े से बेचैन हो रहे थे और पूछ ही बैठे, यह मिनिस्टर साहब आखिर आयेंगे कब ? उसी मित्र मंडली में बैठे शहर के एसीपी मितल जी ने जवाब दिया, 'अरे मिनिस्टर साहब, बहुत व्यस्त रहते है. अब ऐसे में हर जगह वक्त पर पहुचना तो उनके लिए सम्भव नही है'. प्रत्युत्तर में उन्ही सज्जन ने कहा, 'आप भी तो शहर के एसीपी है, आप भी तो यंहा समय पर पहुच गये है. एसीपी मितल ने कहा, 'मुझ से ज्यादा समय की कीमत कौन जान सकता है, मेरी जिन्दगी एक खास मौके पर, यदि एक मिनट की भी चूक हो जाती,तो पता नही,मै आज किस जगह और किन हालात में होता और कम से कम,आप जैसे लोगो के बीच में उठने बैठने की हैसियत में, तो बिल्कुल नही होता. यह तो मै दावे के साथ कह सकता हू.एसीपी मितल का सिर्फ इतना कहना था की सब लोग, उनकी जिन्दगी के इस पहलू को जाने के लिए उत्सुक हो गये.

सबके कहने पर मितल साहब ने अपनी कहानी बतानी शुरू की.इंडियन पुलिस सर्विस में आने से पहले मै बैंक में काम करता था. मेरी पोस्टिग बडोदा में थी. सिविल सर्विस का मेन क्लियर करने के बाद, मुझे दिल्ली में इन्टरव्यू देने जाना था. यह मेरा आखिरी चांस था. मुझे सिर्फ एक दिन की छुट्टी मिली, रात की ट्रेन थी और अगले दिन सुबह ही मुझे दिल्ली पहुचना था. मैंने स्टेशन जाने के लिए बस पकड़ी. रास्ते में बस खराब हो गई, किसी तरह लिफ्ट मांग कर स्टेशन पहुचा. फिर भागते भागते प्लेटफार्म. बस यो समझो, एक मिनट की और देर हो जाती तो, शायद अभी भी बैंक में बैठा,कलम ही घिस रहा होता. अब आप ही बताइये, मुझ से ज्यादा वक्त की कीमत कौन समझ सकता है.

इस किस्से को सुनने के बाद, भंडारी साहब बोल उठे, वाह क्या इतफाक है, आप एक मिनट जल्दी पहुच के अपने आप को खुशकिस्मत

समझ रहे हो और हम पूरी जिन्दगी इस बात पर खुश होते रहे की,अच्छा हुआ, एक मिनट देर से पहुचे. यदि उस दिन ट्रेन पकड़ ली होती तो,मै भी इस मुकाम पर नही पहुच पाता, यंहा आज हू.

अब बारी,भंडारी साहब के बोलने की थी. उन्होंने बताना शुरू किया. बड़ा बनने की ख्वाइश थी तो बचपन से ही थी. बस, अपने ऊपर ही विशवास नही हो रहा था. घर में पैसो को लेकर बहुत तंगी थी. लम्बे चौड़े परिवार का सिर्फ खेती के ऊपर गुजर बसर करना मुश्किल हो रहा था. जैसे तैसे,मामा ने दिल्ली में नौकरी का जुगाड़ लगाया और दिल्ली जाने के लिए ट्रेन की टिकट भी मैंने खरीद ली. लेकिन स्टेशन, देर से पहुचा. अगली ट्रेन,पूरे चौबीस घंटे बाद थी. लेकिन उसकी टिकट के पैसे मेरे पास नही थे. पैसो का जुगाड़, कैसे हो. यह सोच कर मै प्लेटफार्म पर बैठ कर सोच विचार कर ही रहा था. तभी एक बूढा और कमजोर व्यक्ति मेरे पास आकर बैठ गया. उसके पास एक बैग था, और हाथ में कुछ शीशिया. उन शीशियो में कुछ चूर्ण जैसा भरा हुआ था. मैंने उससे पूछ ही लिया, 'ताऊ, इन शीशियो में क्या है ? उस व्यक्ति ने जवाब दिया, बेटा, इन में हाजमे का चूर्ण है. पंसारी से समान खरीद कर, इसे मैं अपने हाथो से बनता हू. हमारा खानदानी पेशा है. लेकिन, क्या करू, अब बुढापा आ गया है, ज्यादा भाग दौड़ नही कर पाता और ना ही ज्यादा बोल पाता हू. फिर भी पेट भरने लायक गुजारा हो ही जाता है.

फिर मैंने, उसे ट्रेन छुटने की बात बताई. फिर मेरे दिमाग में पता नही, क्या सुझा. मैंने उस बूढे व्यक्ति को कहा, यदि यह चूर्ण की शीशिया मै बेचू तो क्या वो बदले में,मेरी टिकट के लिय पैसे दे सकता है. उस बूढे व्यक्ति ने कहा, यदि वो उसकी बनाए हुए चूर्ण को बेच कर पैसे इक्कठे कर सकता है तो उसे क्या ऐतराज हो सकता. मैंने उसके हाथ से चूर्ण की शीशिया लेली और उन शीशियो से भरा बैग भी. मैं रुकी हुई ट्रेनो में चढ कर लोगो को चूर्ण की शीशिया बेचने लगा. बेचते वक्त, मैंने उस चूर्ण के हाजमे के साथ दस फायदे और बता दिए. बढा चढा कर फायदे गिनाने में मुझे, डर नही लगा. क्योकि मुझे पता था, अब मैंने, कौन सा चूर्ण खरीदने वालो से दुबारा मिलना है. पता नही मेरी आवाज में क्या जादू था. सिर्फ चार घंटे के बाद, वो चूर्ण की शीशियो से भरा बैग,खाली हो गया, और इधर मेरा मन आत्म विश्धास से भर गया, जिसकी मुझे बहुत जरूरत थी. फिर मैंने पीछे मुड कर नही देखा. उसी समय मैंने मामा की बताई हुई नौकरी को लात मरने का फैसला कर लिया. सोचता हु, यदि उस दिन ट्रेन मिस नही हुई होती तो शायद आज भी,किसी जगह लाला की चाकरी कर रहा होता.

भंडारी साहब और मितल जी की आप बीती सुनने के बाद लगता है, शायद वक्त की परिभाषा एक मिनट की देरी और एक मिनट की जल्दी में नही, बल्कि व्यक्ति के भाग्य और पुरुषार्थ के साथ ज्यादा जुडी हुई h

6. परख

मोहनलाल जी एक सरकारी अधिकारी थे. उनकी तीन बेटिया थी. मोहनलाल जी जिस कम्युनिटी से आते थे, उसमे शादी ब्याह में दहेज बहुत चलता था. जैसे तैसे उन्होंने दो बेटियों की शादी तो कर दी, लेकिन तीसरी बेटी अलका के लिए शादी करना बहुत मुश्किल लग रहा था.. बस उसी चिंता में खोये रहते थे. उनके ही कार्यालय में एक सताईस अठाइस साल के एक नौजवान की नियुक्ति हुई. उसका नाम नवीन था. सरकारी काम के सिलसले में उनकी अक्सर नवीन से बात होती रहती. मोहनलाल जी को नवीन का स्वभाव बहुत पसंद आया. धीरे धीरे दोनों में आत्मीयता बढती गई. बातो बातो में मोहनलाल जी को पता चला की नवीन ही बिलकुल स्वावलम्बी विचारो का है, और दहेज जैसे चीजो से उसे बहुत नफरत है. मोहनलाल जी को लगा की वो उनकी बेटी अलका के लिए उपयुक्त वर हो सकता है. एक दिन मौका देख कर उन्होंने नवीन को घर पर खाने के लिए बुलाया. खाने की टेबल अलका और नवीन के बीच काफी बातचीत हुई. अलका को नवीन बहुत पसंद आया. जब कुछ दिनों बाद, मोहनलाल जी ने नवीन से शादी की बात छेडी, तो उसने कहा की वो तो इस विषय में कोई निर्णय नही ले सकता. हां, अपने माता पिता से इस बारे में जरुर बात करेगा. आखिरकार, मोहनलाल जी को निराश नही होना पड़ा, और नवीन के माता पिता ने इस रिश्ते को मंजूरी दे दी. मोहनलाल जी ने शुभ मुहर्त देख कर दोनों का विवाह करा दिया.

अलका और नवीन का शुरू का दाम्पत्य जीवन ठीक ठाक निकला. लेकिन बाद में नवीन को तो नही लेकिन अलका को नवीन से शिकायत होने लगी. असल में अलका बहुत ही रोमांटिक किस्म की थी. उसे शुरू से रोमांटिक नोवल पढना और रोमांटिक फिल्मे देखना बहुत पसंद था. जिसकी वजह से वो चाहती थी की नवीन उसे एक फ़िल्मी हीरो की तरह रोमांस करे, जबकि नवीन एक सीधे किस्म का व्यक्ति था और इस तरह की चीजो से कोसो दूर. लेकिन अलका की यह शिकायत हल्के किस्म की थी और इसने कभी गंभीर रूप धारण नही किया. लेकिन शायद, जिन्दगी को कुछ और ही मंजूर था. अलका अक्सर अपने मायके जाती रहती थी. वंही पड़ोस में मनोज नाम का युवक ने किराये पर घर लिया था. अलका

का उससे परिचय हो गया. और फिर यह परिचय, हल्की सी दोस्ती में. धीरे धीरे उनकी नेट पर बात होने लगी. पहले तो बाते साधारण ही होती थी, फिर धीरे धीरे इसका रूप अलग होने लगा. मनोज एक दिलफेंक युवक था, उसने अलका की दुखती रग को पकड़ लिया. और वो अलका से मीठी मीठी बाते करने लगा. अलका को मनोज की बाते गुदगदाती, जिसे उसकी तलाश थी. अलका को लगने लगा मनोज ही वो व्यक्ति है जो उसके जीवन में रंग भर सकता है. धीरे धीरे मनोज और अलका में प्यार का रंग चढने लगा. अब तो अलका को नवीन, अपनी जिन्दगी की खुशी में रोड़ा लगने लगा. वो छोटी छोटी बात पर नवीन से झगड़ने लगती. नवीन को तो कुछ समझ ही नही आ रहा था, आख़िरकार यह हुआ क्या है. एक दिन तो नवीन को ऑफिस से आने में थोड़ी सी देरी क्या हुई कि अलका ने पूरा आसमान सिर पर उठा लिया और अगले दिन रूठ कर अपने मायके चली गई. नवीन उसे मनाने के लिए मायके भी गया. लेकिन अलका कंहा मानने वाली थी. उसने साफ़ साफ़ नवीन को कहा, वो उससे कोई रिश्ता नही रखना चाहती. नवीन के पास कोई रास्ता नही था, वो अपने घर लौट आया. जब मोहनलाल जी ने अलका से इसका कारण पूछा तो अलका ने टका सा जवाब दिया की उसकी और नवीन की केमिस्ट्री नही मिलती. आख़िरकार मोहनलाल जी भी क्या करते, उन्हैं कुछ समझ आता तो वो अपनी बेटी को कुछ समझाते भी.

अब अलका मायके आने के बाद मनोज से चोरी छुपे मिलने लगी. अलका ने नवीन से तलाक और मनोज से शादी की प्लानिंग कर ली. लेकिन इधर मोहनलाल जी तनाव में रहने लगे वो ऑफिस में नवीन से अपना चेहरा छुपाने लगे. एक दिन मोहनलाल जी की तबियत बहुत बिगड़ी और उन्हैं अस्पताल में भर्ती कराना पड़ा. डॉक्टरों ने उनकी जांच पड़ताल की और तुरंत दिल के आपरेशन की सलाह दे दी. आपरेशन के लिए चार लाख जमा कराने थे. लेकिन मोहनलाल जी के पास इतने पैसे नही थे. अलका ने इस विषय में मनोज से बात की तो मनोज ने साफ साफ हाथ खड़े कर दिए. जबकि उसकी आर्थिक स्थिति अच्छी थी और अलका भी इससे अच्छी तरह वाकिफ थी. आपरेशन की तारीख नजदीक आने लगी. लेकिन अस्पताल में पैसे जमा नही हुए. अलका ने जब अपनी परेशानी डॉक्टरो को बताई तो डाक्टर ने कहा, अरे आप के पति तो अगले दिन ही पैसे जमा करा गये थे. लगता है उन्होंने आप को बताया नही. असल में नवीन को अपने एक नजदीकी दोस्त से इस बात का पता चल गया था और उसने बिना किसी चीज का इंतजार किये, हस्पताल में पैसे जमा कर दिए. उधर अलका यह सुनकर शर्म से पानी पानी हो गई. उसके आँखे

खुल गई थी.अब जाकर उसे नवीन की महानता का और अपने ओछेपन का एहसास हुआ. खैर, मोहनलाल जी का आपरेशन सफल हुआ. नवीन ने सब भूल कर अलका को फिर से अपना लिया. हां, इस बीच अलका का रोमांस का भूत जरुर भाग गया. उसे समझ आ गया की नोवल और फिल्म में दिखाई जिन्दगी और असल की जिन्दगी में बहुत फर्क है.

7. जिंदगी की जरूरतें

मैं अक्सर शाम को घुमने निकल जाता हूँ. आज भी शाम को भी रोज की तरह घुमने निकला पड़ा. रास्ते मे एक शव यात्रा पर नज़र पड़ी. इस शव यात्रा के साथ नवीन भी जा रहा था. दोनो के नज़रे एक साथ टकराई. नवीन और मै किसी समय एक ही बिल्डिंग में कभी साथ साथ काम करते थे. ज्यादा दोस्ती नहीं थी, लेकिन एक ही इलाके मे रहते कभी कभी दुआ सलाम हो जाती है. नवीन को शव यात्रा के साथ जाते हुए, दिमाग मे कोई प्रश्न आता, उससे पहले नवीन ने मुझे अपने साथ चलने का इशारा कर दिया. शव यात्रा के साथ चलनेवाले लोग भी गरीब तबके लग रहे थे. मैंने कौतुहल वश, नवीन से पूछा, भाई किसकी डेथ हो गयी. नवीन ने जवाब दिया, बाद मे बताउगा. नवीन बहुत दुखी लग रहा था. शमशान भूमि मे यह देख कर बहुत अचम्भा हुआ, की मृत व्यक्ति का अंतिम संस्कार मे नवीन की भूमिका काफी सक्रीय रही, यंहा तक सारा खर्चा नवीन अपनी जेब से कर रहा था. मेरे दिमाग मे यह प्रशन की, मरने वाले व्यक्ति का आखिर नवीन से क्या रिश्ता हो सकता है, बार बार हिचकोले मारने लगा. नवीन अविवाहित था और अकेला रहता था. साथ मे चलने वाले लोग, दूर दूर तक उसके रिश्तेदार नहीं लग रहे थे.अंतिम संस्कार समास होने के बाद नवीन ने मुझे खुद ही घर चलने के लिए कह दिया. हमने एक ऑटो पकड़ा और दस मिनट मे नवीन के घर पहुँच गये.

घर पहुँचते ही नवीन बस रुंआसा सा हो गया.ऐसा लग रहा था की अब वो रोया और अब रोया. नवीन ने मुझ से कहा, यार मुझ से एक बहुत बड़ा अनर्थ हो गया. मैंने कहा, नवीन मुझे तो कुछ समझ नहीं आ रहा. नवीन ने कहा, मै तुम्हे सारी बात बताता हूँ. पिछले साल मेरी डिवीजन का एक सेक्शन ऑफिसर छुट्टी पर गया हुआ था. मुझे कुछ दिनों के लिए उसका काम भी दे दिया गया. मेरे पास खुद का काम भी बहुत ज्यादा था. मैंने कुछ कागजात पर बिना पड़े और संमझे, एक कर्मचारी के विश्वास पर हस्ताक्षर कर दिए. क्योकि वो कर्मचारी बहुत ही सीनियर था, शक की कोई गुंजाईश ही नहीं थी.लेकिन बाद मे बता चला, जिन कागजो पर मैंने हस्ताक्षर किये थे, वास्तव मे, फाइल पर उसकी अनुमति हुई ही नहीं थी. मामला बहुत ही सर्वेदनशील था. मेरे को चार्ज शीट दे दी गयी. पूरे कैरेअर

पर मेरे ऊपर ऊँगली तक नहीं उठी थी, और एक बहुत फ्राड का धब्बा मेरे दामन पर लग गया. मुझे, एक अंधकार भविष्य की शुरुआत लग रही थी. सरकरी नौकरी से डिसमिस, बदनामी और क्या क्या. मैंने अपने जीवन को खत्म करने का फैसला कर लिया. मैंने सुबह सुबह पंखे पर फन्दा लगाया. लेकिन बता नहीं, क्यों दिल किया की मरने से पहले अपनी डिब्बी मे पड़ी एक सिगरेट तो खत्म कर लू. डिब्बी को खंगाला तो वो ख़ाली थी. रात को वो इकलौती सिगरेट कब पी, बता ही नहीं चला. लेकिन तब तक इतनी तलब लग चुकी थी, की दिल किया एक सिगरेट पी ही लू. सिगरेट के लिए बाहर निकल पड़ा. क्योंकि सुबह बहुत जल्दी थी, पड़ोस वाली दुकान बंद थी. ध्यान आया, पार्क के पास वाली दुकान खुली होगी. आगे निकाल पड़ा था. दिमाग बिलकुल शान्त और विचार शुन्य हो गया था. मैंने एक सिगरेट खरीदी, तभी दुकान से दस कदम की दुरी पर झुग्गी डाले व्यक्ति पर मेरी नजर गयी, उसकी मुद्रा ऐसे लग रही थी, जैसे वो मुझ से एक सिगरेट की चाहत रख हो रहा है. मैंने एक सिगरेट उसके लिए भी खरीद ली. मैंने उस दुकान से सैकड़ो पर सिगरेट ली होगी. लेकिन मेरी कभी उस व्यक्ति पर नजर नहीं गई. शायद, दस मिनट बाद आत्महत्या करने वाले व्यक्ति की नजर मे फेर आ जाता होगा. मैंने उस व्यक्ति को सिगरेट दी और उसने बदले मे एक मुस्कराहट दी और एक लम्बा सा सलाम ठोंका. मैंने उसकी झुग्गी पर नजर डाली. उसने छोटी सी झुग्गी मे सारा जुगाड़ कर रखा था. बगल मे अंडे उबल रहे थे. कोने मे एक ट्रांसजिटार भी पड़ा हुआ था. मैंने जेब मे हाथ डाला, सौ सौ के तीन नोट थे. जो थोड़ी देर में मेरे लिए बेकार होने वाले थे, मैंने उस व्यक्ति को दे दिए. उसको तो जैसे बहुत बड़ा झटका लगा. साहब चाय पीओगे. उसको तो झटका लगा सो लगा, अब मेरे लिए भी दुनिया, दुनिया कम एक्सपेरिमेंटल लेबोरेट्री ज्यादा लग रही थी. मैंने उसे कहा, सिर्फ चाय पिलाओ गे, अंडे नहीं खिलायो गे. साहब आप यहाँ बैठो, मैं आप के लिए बढिया सा आम लेट बनता हूँ, उसने पता नहीं कहा से एक छोटा सा स्टूल निकाला और मै उस पर बैठ गया. अन्डो का और चाय का नाश्ता करते हुए मैंने उस व्यक्ति से पूछा, तुम्हारा गुजारा कैसे हो जाता है. साहब, आप जैसे लोगो की दया है. आते जाते लोग एक दो रुपये तो दे ही देते है. बस गुजरा हो ही जाता है. मेरे दिमाग मे एक विचार कौंधा, यदि मेरी नौकरी चली भी जाती है तो क्या हो गा. यही न, सरकारी मकान छोड़ना पड़ेगा. इतने पैसे तो मेरे पास थे ही की जैसे तैसे गुजारा कर ही लूगा. दिल, जिन्दगी मे एक नया एक्सपेरिमेंट करने को बेताब हो रहा था. इससे अच्छा अवसर क्या हो सकता है. मैंने उस व्यक्ति को कहा मैं कुछ दिन तुम्हारी झुग्गी मे रहू गा और तुम बदले में मेरे घर रह लेना. वो व्यक्ति एक दम तैयार हो गया. मैं उसे यंहा पर ले आया.

मैंने अपने कुक को हिदयात दी, ये आदमी यंहा पर रहेगा, उसे जो खाना होगा, बना के दे देना. उस दिन के बाद वो व्यक्ति यंहा मेरे घर रहने लगा और मै उसकी झुग्गी पर. मैंने जिन्दगी भर कभी सुबह की सैर नही की. पार्क मे सुबह सुबह उठ कर दौड़ लगाने लगा. जिसने कभी चाय तक खुद नहीं बनाई, खुद खाना बनाने लगा. जिसे संगीत का बिलकुल शौक नहीं था ट्रांजिस्टर के गानों पर गुनगनाने लगा था. मैंने अपना मोबाइल भी बद कर दिया. सच मानो, जिस दिन से मैं उस झुग्गी पर आया, मुझे अपने अन्दर एक नए जीवन का संचार लगने लगा, जैसे मेरा पुनर्जन्म हुआ हो. लेकिन दस दिन ही बीते होगे. ऑफिस से मेरा असिस्टेंट आया,मुझे ढूंडते - ढूंडते हुए. मुझे बता चला की मेरे विरुद्ध सारा मामला रफा दफा हो गया है, प्राथमिक एन्क्वयारी से ही पता चल गया की जिस कर्मचारी पर विश्वास करके मैंने कागजातों पर हस्तक्षर किये थे, उसने इस काम के लिए 10 लाख की रिश्वत ली थी. अब तो मेरी ख़ुशी का ठिकाना न था. मैंने ऑफिस जॉइन कर लिया और वापिस घर आ गया. आज सन्डे को जब मॉर्निंग वाक करने निकला तो पता चला, झुग्गी मे रहने वाले व्यक्ति ने आत्म हत्या कर ली है. पूछने पर पता चला, कुछ दिनों से वो बहुत परेशान था, कहता था की यह जिन्दगी भी कोई जिन्दगी है. मैं इसके पीछे कारण जानता हूँ, इस घर मे रह कर उसे ऐशोआराम की आदत जो पड़ गयी थी. दुबारा झुग्गी मे जाना शायद वो सहन नहीं कर पाया. उसकी मौत के पीछे, मै अपने आप को जिम्मेदार मान रहा हूँ और अन्दर ही अन्दर पश्चताप की अग्नि मे झुलस रहा हूँ. मैंने नवीन को ढांढस दिया, सब ऊपर वाले की मर्जी है, इसमें उसका कोई कसूर नहीं है.

लेकिन मैं सोच रहा हूँ की क्या हम आज जो भाग दौड़ वाली जिन्दगी जी रहे है. किस लिए सिर्फ भौतिक साधन जुटाने के लिए. आखिर कर नतीजा क्या होता है हम उसके गुलाम बन कर रह जाते है और उनके अभाव का डर हमें कहाँ से कहाँ तक पहुंचा दे देता है. आपने ऊपर वाली घटना में देख ही लिया है.

8. सौम्य राजीव

सौम्या को भगवान ने सब कुछ दिया, सुंदर चेहरा, खुबसुरत दिल, एक अच्छा दिमाग. लेकिन शरीर की किसी कमी वजह से, वो वैवाहिक सुख तो भोग सकती थी, लेकिन माँ बनने का सुख नही. इसकी कमी की वजह से खुद तो परेशान रहती ही, उसके माँ बाप भी. सौम्या जब जवानी की दहलीज पर पहुंची, तो उसके पिता राममोहन, उसके विवाह को लेकर बहुत चिंतित रहते. उन्हें तो लगता था की सौम्या का विवाह, किसी विधुर से करना पड़ेगा, जो एक दो बच्चो का बाप हो. लेकिन कहते है, ना किस्मत का कोई भरोसा नही. कब, किस घड़ी कोई विपदा, वरदान बन के आ जाए. सौम्या के साथ भी ऐसा हुआ.

राममोहन जी अक्सर, सौम्या के रिश्ते की बात अपने मित्रो से करते रहते थे. इसी तरह सौम्या के लिए उनके एक मित्र अपने ही किसी और मित्र,के एकलौते बेटे राजीव का रिश्ता आया. रिश्ता, एक बहुत ही सम्पन्न परिवार से था और राजीव देखने में भी काफी खूबसुरत था. राममोहन जी को तो जैसे यकीन ही नही हो रहा था.जिस मित्र के द्वारा यह रिश्ता आया, राममोहन जी ने, यह बात निश्चित कर ली की राजीव के परिवार को सौम्य के माँ ना बनने की बात मालून है या नही. और जब इस बात की तसल्ली हुई, तभी राममोहन जी ने सौम्या का राजीव से रिश्ता पक्का किया.

राजीव के पिता शहर के जाने माने बिजनेस मैन थे. उनकी शहर में काफी प्रोपर्टी, शो रूम और फैक्ट्रिया भी. फिर उन्होंने राजीव की शादी एक सधारण परिवार में क्यों की ? और वो भी जब, सौम्या माँ नही बन सकती. इसका क्या कारण था. असल में राजीव, एक अलग ही किस्म का इन्सान था. दुनियादारी से अलग. उसे पेंटिंग करने और गिटार का बहुत शौक था. लेकिन इसके साथ ही वो जिम्मेदारियों से भागने वाला इन्सान था. उसके पिता ने उसे कई बार उनका अपना बिजनेस सम्भालने के लिए कहा. लेकिन, राजीव का इन सब में मन ही नही लगता.

वो तो शादी करने के लिए भी तैयार नही था. और परिवार बढ़ाने की जिम्मेदारी के लिए तो बिलकुल नही. लेकिन, जब राजीव के पिता ने, अपने और राममोहन के कामन फ्रेंड से सौम्या के बारे में सुना तो,

उन्हें लगा की यह राजीव के लिए उपयुक्त रिश्ता हो सकता है. जैसे तैसे उन्होंने राजीव को, सौम्या के बारे में सब कुछ बता कर शादी के लिए राजी कर ही लिया..

सौम्या और राजीव की विवाहिक जिन्दगी पटरी पर जा रही थी. लेकिन शादी के दो साल बाद राजीव को तो अपनी जिन्दगी में कोई फर्क नही लगा. वो अपने पेंटिंग और गिटार बजाने के शौक में मगशुल रहता. उसके लिए तो वो ही उसकी दुनिया थी. लेकिन, सौम्या को जरुर अपनी जिन्दगी में बोरियत महसूस होने लगी. राजीव,सौम्या की इस बात को समझता था. इसलिए अक्सर तीन चार महीने बाद दोनों ही देश विदेश घुमने का प्रोग्राम बना ही लेते. पैसे की तो कमी थी ही नही, और ना ही वक्त की.

इन सर्दियों में सौम्या ने मुबई जाने का प्रोग्राम बनाया. दो तीन घुमने के बाद, एक दिन राजीव को अपने किसी दोस्त से मिलने जाना था. इसलिए सौम्या ने अकेले ही घुमने, शहर भ्रमण का दिल बना लिया. उसने पुरे दिन के लिए टैक्सी बुक की और निकल पड़ी. बीच में तंग झुग्गियो के बीच एक गुजरती सडक पर,ट्रेफिक जाम था. उसकी गाडी वंही पर एक तरह से रुक ही हुई थी. तभी उसकी खिड़की के पास एक पांच छह साल की बच्ची आई. वो टिस्सु पेपर के बाक्स बेच रही थी.उसने सौम्या को बड़ी हसरत भरी निगाह से देखा और बोली दीदी ले लो,ना पचास रूपये का ही तो है, सुबह से बोनी नही हुई. खाना भी नही खाया. सौम्या का कोमल दिल पसीज गया. उसने पर्स से सौ रूपये का नोट निकाला और उस पांच छह साल की लडकी के हाथ में थमा कर दो टिश्यू पेपर के बाक्स खरीद लिए..

शाम को शहर घुमने के बाद, जब सौम्या वापिस अपने होटल की तरफ जा रही थी तो उसने देखा. वही लडकी, जो सुबह मिली थी, मजे से एक आइसक्रीम के ठेले के पास आइसक्रीम खा रही थी.यह देख, सौम्या का माथा ठमका. कंहा तो यह लडकी सुबह भूखे होने का नाटक कर रही थी और कंहा अब यह मजे से आइसक्रीम खा रही है. सौम्या को पता था, उन दो टिस्सु पेपर बोक्स की कीमत तीस चालीस रूपये से ज्यादा नही होगी. सौ रूपये तो उसने दया करके दिए थे. सौम्या को पता नही क्या सूझा. उसने ड्राइवर को गाडी रोंकने के लिए कहा. फिर वो उस लडकी के पास गई और प्यार से उसके कान पकड़ कर बोली, सच सच बता, आज लोगो को चूना लगा कर कितने पैसे कमाए. उस लडकी ने सौम्या का चेहरा बड़े गौर से देखा, जैसे उसने कभी सौम्या को देखा हुआ हो. फिर पता नही क्यों जोर जोर से रोने लग गई और फिर वो वंहा से चली

गई. सौम्या ने भी उसे नही रोका. लेकिन उसे हैरानी हुई की वो लडकी रोई क्यों.

अपनी उत्सुकता को शांत करने के लिए उसे आइसक्रीम के ठेले वाले से ही पूछ लिया. यह लडकी कौन थी. वो आइसक्रीम वाला भी सौम्या के चेहरे को हैरानी के साथ देख रहा था. उस को इस तरह देख,सौम्या को यह सब अजीव लग रहा था. खैर, आइसक्रीम वाले ने सब बताना शुरू किया. उस लडकी का नाम गुड्डू था. जब वो एक साल की थी, उसके पिता का देहांत हो गया और माँ एक रोड एक्सीडेंट में पिछले महीने मर गई. और जो दूसरी बात उसने बताई,वो काफी हैरतअंगेज करने वाली थी, आइसक्रीम वाले ने सौम्या को बताया की गुड्डू की माँ,और उसका चेहरा काफी हद तक मिलता जुलता है. फिर सौम्या को भी समझ आ गया की जरूर गुड्डू को उसे देख कर अपनी माँ की याद आ गई होगी, तभी वो रोने लगी होगी.

उसके बाद, सौम्या गाडी में बैठ कर होटल तो आ गई, लेकिन गुड्डू का मासूम चेहरा उसकी नजरो से ओझल नही हो रहा था. अगले दिन वो राजीव के साथ घुमने तो निकली, लेकिन उसका दिमाग गुड्डू पर ही अटका हुआ था. राजीव सौम्या के बदले हुए हाव भाव से अच्छा खासा परेशान था. बहुत पूछने पर उसने राजीव को गुड्डू वाली बात बता दी. राजीव ने इसे समान्य तौर पर लिया. सौम्या के कहने पर राजीव, अगले दिन गुड्डू से मिलने को भी तैयार हो गया. दॉनो ने गुड्डू के लिए बहुत सारी चाकलेट और नये कपड़े लिए. फिर वो गुड्डू के साथ उसके घर गये, जो एक झोपडी से ज्यादा कुछ नही थी. गुड्डू, सौम्या से मिल कर बहुत खुश थी. लेकिन वो अब सौम्या का दीदी नही बल्कि मम्मी कह रही थी. सौम्या को गुड्डू के मुंह से यह सुन कर अच्छा लग रहा था.

शाम को राजीव और सौम्या वापिस होटल आ गये. वो उनका मुंबई में आखिरी दिन था. सौम्या के दिमाग में अब कुछ और ही चल रहा था. शायद उसे अब माँ बनने के सुख से वंचित होने का एहसास होने लगा. वो मन ही मन गुड्डू को गोद लेकर माँ बनने का सपना देख रही थी, जबकि उसे पता था की राजीव इसके लिए कभी तैआर नही होगा. खैर, आखिरी मौके पर उसने अपने दिल की बात राजीव को बोल ही दी और वो ही हुआ, जिसका उसे पता था. राजीव की तरफ से कोई जवाब नही मिला.

राजीव और सौम्या, अपने शहर लौट आये. दस दिन बाद सौम्या का जन्म दिन था. केक कटने को तैयार था, लेकिन राजीव ने सौम्या को किसी खास मेहमान का इंतजार करने को बोला. आखिर कार वो वक्त भी आया, जब वो खास मेहमान बर्थडे पार्टी में पंहुचा. वो खास मेहमान कोई

और नही, बल्कि गुड्डू के रूप में एक पत्नी के लिए पति का वो गिफ्ट था, जो आज तक,शायद ही किसी नेही पति ने अपनी पत्नी को दिया हो.

सौम्या को हैरानी इस बात की नही थी. की राजीव ने यह सब इतनी जल्दी कैसे मेनेज कर लिया, क्योकि उसके पिता काफी पहुची हुई हस्ती थी. हैरानी इस बात की थी, राजीव इस बात के लिए आखिरकार मान कैसे गया. बहुत पूछने पर राजीव ने उसे बता ही दिया, अपने बाप के पैसे के बलबूते पर वो खुद तो ऐश कर सकता है, लेकिन अपनी सन्तान को भी इसी पैसे के बलबूते पर पाले, उसकी आत्मा इसके लिए गवारा नही करती. लेकिन गुड्डू की बात अलग है, एक अनाथ को माँ बाप का प्यार मिल सके, उसकी अच्छी तरह परवरिश हो जाए,इससे बढ़ कर क्या हो सकता है.

राजीव जो मर्जी बोले, सौम्या के लिए तो यह कुदरत के करिश्मे से कम नही था. कुदरत, जिन्दगी में कभी कोई कमी छोड़ दे तो निराश होने के जररूत नही. कभी यही कमी ही कुदरत का वरदान बन कर जाती है. जैसे सौम्या को मिला, एक बार नही, दो बार.

(मेरी इस कहानी का मूल प्रसंग लेखिका मीनू मेघानी से प्रेरित है)

9. शिक्षक समय

नरेन्द्र केंद्र सरकार के अंतर्गत मुंबई में वीजा डिपार्टमेंट में अधिकारी था. वो एक ईमानदार लेकिन असंवेदनशील व्यक्ति था. जो भी काम करता, उसे पूरी ईमानदारी से करता. कानून कायदे का पक्का था और किसी से रिश्वत लेने कातो मतलब ही नही. उसके डिपार्टमेंट में सुबह दस से बारह बजे तक पब्लिक डीलिंग होती थी. लेकिन उसका व्यवहार विजिटर्स के साथ अच्छा नही होता था. वो ना केवल उनसे बदतमीजी से बात करता था, बल्कि अपने टरकाऊ स्वभाव की वजह से उनके काम के लिए कई चक्कर कटवाता था, जबकि उनका काम सिर्फ एक ही बारी में हो सकता था.

नरेंदर और उसके बैच के कुछ अधिकारियो की ट्रेनिंग दिल्ली में होनी थी. उसके रहने और ठहरने की व्यवस्था दिल्ली में ही किसी होटल में कर दी गई. नरेंदर ट्रेन से नई दिल्ली स्टेशन पहुंचा. ट्रेन से उतरने के बाद नरेंदर ने अपना पर्स और मोबाइल चेक किया, तो उसने पाया की पर्स और मोबाईल दोनों ही गायब थे. वो समझ गया की स्टेशन की भीड़ भड़क्के में किसी ने उसके उपर हाथ साफ़ कर लिए है. लेकिन उसकी परेशानी यह थी की जिस होटल में जाना था, उसका नाम पता एक कार्ड में था, जो उसके पर्स में था. और जिन दोस्तों से वो होटल का एड्रेस पता कर सकता था, उनके नंबर उस मोबाईल में थे. नरेंदर को कुछ समझ नही आ रहा था कि वो क्या करे. वो स्टेशन से बाहर निकला तो, उसकी परेशनी और बढ़ गयी, दिल्ली की ठंड से वो और विचलित हो गया. उसने सोचा क्यों ना पुलिस में रिपोर्ट लिखवा दू. शायद कुछ बात बन जाए. लेकिन क्या पुलिस उसकी कुछ मदद कर पाएगी. उसको बिलकुल भी उम्मीद नही थी.

उसने जेब टटोली, उसमे कुछ रेजगारी थी. उसने फैसला किया, पहले पेट की आग तो बुझाई जाए, फिर बाद में सोचते है. उसने एक साइकिल रिक्शा पकड़ा, और रिक्शे वाले को ढाबे में जाने के लिए बोला. तभी उसे रस्ते में पहाड़गंज थाना नजर आया, उसे पता नही क्या सुझा, वो थाने के अंदर घुसा और सामने कुर्सी में बैठे एक पुलिस वाले को अपनी सारी समस्या बताई. पुलिस वाले ने उसे कुर्सी पर बिठाया और बाकायदा उसके लिए चाय मंगवाई. फिर वो पुलिस वाला बीस पच्चीस मिनट तक पता नही किस किस को फोन मिलाता रहा. फिर उसने नरेंदर से कहा साहब,

आपका चुराया माल तो नही मिल सकेगा. हां, लेकिन आप अपने होटल का पता लिखिए. फिर उसने नरेंदर को सलाह दी, आप मुझे अपने फोन चोरी की सुचना मुझे लिख कर दे दे, ताकि मै उसकी रसीद आपको दे सकू, क्यों की उसके बिना आप को नया सिम नही मिलेगा और इतना ही नही उसने एक आदमी को आवाज लगाई, और बोला साहब को आनन्द होटल, कनाट प्लेस में छोड़ आ. जब नरेंद ने उस पुलिस वाले को कहा वो खुद चला जायेगा, तो उस पुलिस वाले ने कहा साहब, इतनी रात को आप कंहा होटल ढूंढोगे , मेरा आदमी आप को छोड़ आएगा सिर्फ पांच सात मिनट का तो रास्ता है.

नरेंद ने मन ही मन कहा जो मर्जी कहो मेरे इमानदार से तो यह बेइमान पुलिस वाला लाख गुणा ज्यादा अच्छा है, यदि ये मेरी मदद नही भी करता तो मै इसका क्या उखाड़ लेता. उस दिन के बाद नरेंद्र का व्यवहार भी अपने विजिटर के प्रति बदल गया. सच है, कई बार परिस्थतिया, आदमी को वो सीखा देता है, जो मनुष्य कभी पढ़ कर और सुन कर नही सीखता.

10. छोटे लोग बड़े बड़े लोग छोटे

मनोज की बी.एस.सी करने के बाद तुरंत ही एक अच्छी कम्पनी मे मेडिकल रीप्रेजएंटेटिव की नौकरी लग गई. नौकरी के सिलसले मे उसका छोटे मोटे शहरो का टूर लगता रहता. एक बार इसी तरह उसे कंपनी के काम से पंजाब के छोटे से कसबे मे जाना पड़ा. वो रात को वंहा पहुंचा और एक होटल मे ठहर गया.सुबह, वो बस अड्डे के लिए निकल पड़ा. बस अड्डे से कुछ दूर पहले एक भिखारी ने उसके पैर को हाथ लगाया और कुछ भीख देने की याचना की.मनोज वैसे तो अपने और अपने से बड़े रुतबे वालो से बड़े सलीके से बात करता, लेकिन छोटे लोगो से उसका व्यवहार बिलकुल रुखा था. छोटी छोटी बातो पर गुस्सा आ जाना उसक स्वभाव था. मनोज पता नही क्यों, उस भिखारी पर बहुत खार खा बैठा. उसने भिखारी को ना केवल ठोकर मारी, बल्कि दुत्कार भी दिया. लेकिन जब उसने भिखारी को ध्यान से देखा तो पाया, उसकी दोनों टांगे नहीं थी. उसे अपनी गलती का एहसास तो हुआ, लेकिन उस भिखारी से इस बात को जाहिर करना जरुरी नहीं समझा. फलस्वरूप, वो अपने काम पर चलता बना. वापिस लौटते वक्त काफी रात हो गयी थी. बस मे काफी भीड़भाड थी. वो जिस होटल मे ठहरा हुआ था, उसने उस होटल का का नाम और पता वाला कार्ड, अपने पर्स मे डाल लिया था. बस से उतरने के बाद होटल का नाम और पता जानने के लिए जैसे ही उसने अपनी जेब मे पर्स को टटोला तो देखा पर्स उसकी जेब से नदारद था. बस की भीड़ भाड मे किसी ने उसका पर्स निकाल लिया था. अब तो मनोज के होश उड़ गये. उस पर्स मे ही उसके सारे पैसे थे और बिना कार्ड के होटल पहुंचना संभव नहीं था,क्योकि मनोज को होटल का नाम और पता मालूम ही नहीं था. ऊपर से दिसम्बर के महीने के कड़कड़ाती ठण्ड. मनोज को कुछ सूझ नहीं रहा था. थोड़ी देर मे बरसात भी शुरू हो गयी. रही सही कसर उसे जोरो से लग रही भूख ने पूरी कर दी. ऐसी मुश्किल स्थिति, मनोज के जीवन मे कभी नहीं आई थी. उसे कुछ सूझ नहीं रहा था. बस उसने चलना शुरू कर दिया. थोड़ी ही दूर उसे, एक झोपडी नजर आई. मनोज ने बरसात से बचने की लिए उस झोपडी की ओट लेना ही मुनासिब समझा. उसे इस तरह बाहर खड़ा देख, अन्दर से किसी ने आवाज दी, 'अन्दर आ जाओ, साहब,. मनोज. उसकी

आवाज सुन कर अन्दर चला गया. अन्दर,वो ही सुबह वाला लंगड़ा भिखारी था. मनोज को तो जैसे सांप सूंघ गया हो. लेकिन उस लंगड़े भिखारी ने किसी तरह की पर्तिक्रिया नहीं दिखाई. उसने मनोज को बैठने के लिए स्टूल दिया. मनोज ने उसको सारी बात बताई. भिखारी ने कुछ नहीं बोला. उसने मनोज के लिए चाय बनाई और उसे दो उबले अंडे साथ मे देते हुए बोला, साहब आप कुछ देर इंतजार करिए. थोड़ी ही देर मे वो वापिस लौटा. उसके हाथ मे मनोज का पर्स था. उस पर्स को देख कर मनोज की ख़ुशी का ठिकाना नहीं रहा. उसने उस भिखारी से पूछा की यह पर्स उसे कहा से मिला. भिखारी ने हँसते हुए जवाब दिया, साहब हम इसी इलाके मे ही तो पैदा हुए है, मै भिखारी बन गया और मेरे कुछ दोस्त जेबकतरे. लेकिन एक जेबकतरा,कसाई तो नहीं होता और न ही उसका दिल पत्थर का होता है. जब मैंने उसे आपकी मुश्किल बताई तो उसने पर्स लौटा दिया. अब मनोज, अपने आप को रोक नहीं सका और उसने भिखारी से पूछा की मेरे इतने बुरे बर्ताव के बाद भी तुमने मेरी मदद की. भिखारी ने अपनी झोपडी के किसी कोने से छाता निकला और मनोज को बोला, साहब बाहर बारिश हो रही, इसको ले लीजिये, लेकिन कोई जवाब नहीं दिया. भिखारी की चुप्पी, मनोज को जवाब दे चुकी थी. क्योकि वो तो पहले से ही जवाब दे चूका था, जो अब मनोज को समझ आ गया. मनोज को अपने जीवन का सबसे बड़ा पाठ मिल गया और उसके बाद छोटे लोगो के प्रति उसके बर्ताव मे बहुत फर्क आ गया.

11. जुगाड़

एक कम्पनी में मैनेजर के पद के रिक्त स्थान के लिए बहाली निकली. उस पद के लिए बहुत से उम्मीदवार इन्टरव्यू देने आए थे. कम्पनी के मालिक सिंह साहब खुद इन्टरव्यू ले रहे थे. वो बहुत ही चुजी थे. हर उम्मीदवार को रिजेक्ट किये जा रहा था, किसी को कहते, तुम तो सिर्फ एम् बी ए हो, मुझे तो इंजीनियरिंग बैक ग्राउंड का व्यक्ति चाहिए. और कोई दोनो डिग्री लिए हो, तो मुझे तो मकेनिकल इंजीनियरिंग का व्यक्ति चाहिये या फिर जिसने एम् बी ए भी फाइनेंस में की हो. इस तरह वो हर उम्मीदवार को रिजेक्ट किये जा रहे थे. जबकि नौकरी के इशतेहार में उन्होंने किसी तरह की भी डिग्री की शर्त नही रखी थी. हर उम्मीदवार खिन्न हो कर बाहर आता जा रहा था.

हमारे बिहार के एक झा साहब भी इन्टरव्यू देने आए हुए थे. अब झा साहब की जिनती तारीफ की जाए, उतनी ही कम. उनसे आप जितनी मर्जी दुनिया भर की बाते करवा लो, किसी भी टोपिक पर भी, वो अपनी लच्छेदार भाषा में उस पर ऐसी बात करते की सामने वाला मंत्रमुग्ध हुए बिना रह ही नही सकता. और इतना ही नही उनका व्यक्तित्व बहुत ही प्रभावशाली था. लम्बा चौड़ा कद, गोरे चिट्टे. हां, उनकी एक खास बात बताना तो मै भूल ही गया, यह देश की लगभग हर भाषा जानते है, और बेशक काम चलाऊ ही सही. और आत्मविश्वास तो जैसे उनमे जैसे कूट कूट कर भरा हो. हां, लेकिन उन्होंने कहाँ से शिक्षा ली और क्या पढाई लिखाई है, इसके पत्ते उन्होंने, हम मित्रो के सामने कभी नही खोले.

जब सब उम्मीदवार खाली हाथ जा रहे थे तो झा साहब भी समझ गये, यंहा उनकी दाल नही गलने वाली. फिर भी झा साहब तो झा साहब है, वो जबरदस्ती सिंह साहब के पी ए के रूम में गये और पता नही थोड़ी देर में ही उन्होंने उस पी ए को क्या पट्टी पढाई की, झा साहब ने कम्पनी के मालिक,सिंह साब की सारी ज्योग्राफी और हिस्ट्री मालुम कर ली.

अब बारी थी, झा साहब के इन्टरव्यू की. जैसे सिंह साहब को झा साहब का नाम पता चला, उनके मुंह से निकला, बिहार से हो.

झा साहब ने प्रत्युतर में कहा हा सर, लेकिन बचपन अपने नानके अमृतसर में ही गुजरा, पापा ने लव मेरिज की थी, मम्मी अम्रतसर सी की थी.

सिंह साब ने उत्सुकतावश, पुछ ही लिया, अमृतसर में कहा , फिर झा साहब ने जो जवाब दिया की सिंह साब तो भूल ही गये की वो कम्पनी के मालिक है और सामने वाला इन्टरव्यू देने आया है, उन्होंने हमारे झा साहब को गले लगा लिया. और दोनों में ऐसे बातचीत का ऐसा सिलसिला शुरू हुआ की बस पूछो मत. झा साहब ने बाजी अपने हाथ देख कर पासा फेंका. सर मैंने आई आई टी से मेकिन्क्ल और आई आई एम् से एमबीए फाइनेंस किया है और बैग से 'डिग्री' निकालने लगा.

सिंह साब ने कहा, अरे गोली मार डिग्रीया नु, तू मेनू दस, तू कुंवारा है या..... फिर उन्हें कुछ याद आया, घंटी बजाई और चपरासी को कहा दो अमृतसरी लस्सी और दो प्लेट छोले भट्टूरे, जल्दी ले आ...... आगे की कहानी ना ही सुनो तो अच्छा.... एक नटवर लाल एक पढ़े लिखे क्वालिफाइड आदमी की जगह लेले, यह जानकर किसे अच्छा लगेगा !!!!!!!!!!!!!!!!!!!

12. भगवान दोस्त

घनश्याम अग्रवाल जी की अपने कस्बे से थोड़ी दूर गैस के चूल्हे बनाने की फैक्ट्री थी. घनश्याम जी ने इंजीनियरिंग की पढाई पूरी करने के बाद थोड़ी देर बाद ही यह फैक्टरी लगा ली. स्टोव की जगह गैस चूल्हे की मांग बढ रही थी. किस्मत और मेहनत की बदौलत,घनश्याम ने खूब तरक्की की. बड़ा सा घर, गाड़ी, ड्राइवर, नौकर चाकर सब था उनके पास.

वे अपनी फैक्ट्री के लिए सुबह सुबह ही निकलते. कभी कभी रास्ते में उन्हें बस स्टॉप पर उन्हें अपने प्राइमरी स्कूल के सहपाठी राजेश्वर मिल जाता, जो एक मन्दिर में पुजारी थे. दोनों में एक मित्रता का भाव तो था, लेकिन उनकी मित्रता में धनिष्टता हो ऐसी कुछ बात नही था. राजेश्वर, अपने पिता के मृत्यु के बाद मंदिर में ही पुजारी का काम करने लगा. वो बचपन से ही बहुत धार्मिक प्रवृति का था. इसलिए, उसका मन मन्दिर के पुजारी के काम में ही रम गया. जब घनश्याम, उसे मन्दिर पर उतरता तो राजेश्वर उसे कभी कभी मन्दिर में चलने को कहता, 'लाला,कभी कभी तो पूजा अर्चना कर लिया करो, भगवान ने तुम्हे सब कुछ दिया, और कुछ नही तो उसका धन्यवाद ही कर लिया करो '. बदले में घनश्याम सिर्फ मुस्करा कर जवाब देते, 'पंडित जब समय आएगा तो जरुर तुम्हारे साथ चलूगा, फिलहाल तो कर्म ही मेरी पूजा है.'

पितृपक्ष का समय आ गया. घनश्याम की पत्नी ने घनश्याम को कहा, 'अजी सुनते हो चार तारीख को पिता जी का श्राद्ध है. अब सामने वाले पंडित तो रहे नही. तुम अपने दोस्त, राजेश्वर को ही उस दिन बुला लेना.'. 'तुम चिंता मत करो, भाग्यवान, वो तो मुझे अक्सर सुबह मिल जाता है.' घनश्याम ने जवाब दिया. उस दिन से घनश्याम की आँखे, सुबह फैक्ट्री जाते हुए रास्ते में राजेश्वर को खास तौर से ढूंडती. लेकिन अक्सर मिलने वाला, राजेश्वर उसे नही मिला. जब तीन तारीख को भी घनश्याम को राजेश्वर नही मिला, तो उसने राजेश्वर के घर जाने का मन बना लिया.

उसके घर जाने पर देखा तो पहले इयोडी पर राजेश्वर की बूढी माँ मिली, जो लकवे की वजह से अपाहिज थी और चारपाई पर लेटी हुए थी. घनश्याम ने उसे देखते ही प्रणाम किया. उसने घनश्याम को बताया

राजेश्वर और उसकी पत्नी ज्वर से पीड़ित है, और बिलकुल निढाल पड़े हुए है. घर में दो दिन से अन्न का एक दाना तक नही पका. उन दिनों मलेरिया, प्रचंड रूप से अपना प्रकोप दिखा रहा था. घर की बिगड़ी हुई हालत को देखते हुए समझते देर नही लगी की दोनों जरुर ही मलेरिया की चपेट में आ गये हो गये. घनश्याम ने बिना वक्त गंवाए अपने ड्राइवर को डॉक्टर साहब के यंहा चलने को कहा. क्योंकि अभी डॉक्टर साहब का वक्त क्लीनक जाने का नही हुआ था, डॉक्टर साहब घर में ही मिल गये. घनश्याम ने डॉक्टर साहब को राजेश्वर और उसकी पत्नी का इलाज, उनके घर जा कर करने के लिए कहा. डॉक्टर साहब की फीस, घर जा कर देखने की दुगनी होती है, यह बात घनश्याम को अच्छी तरह से पता थी. इससे पहले डॉक्टर साहब कुछ बोलते, घनश्याम ने वो फीस डॉक्टर साहब के हाथ में पहले ही थमा दी. अब तो डॉक्टर साहब भी राजेश्वर के घर जा कर उनका और उनकी पत्नी का इलाज करने को तत्पर ही लग रहे थे. तत्पश्चात, घनश्याम घर आए और अपनी श्रीमती जी को सारी बात बताई. उनकी पत्नी को सारी बात समझ में आ गई, उसने तुरंत अपने घर में काम करने वाली आया को बुलाया. घनश्याम ने उसे राजेश्वर का पता समझाया और उसे पैसे दे कर बोला, बजार से दाल आटा और फल खरीद कर जाना और जब तक दोनों ठीक नही हो जाते, तुम्हे उनकी तीमारदारी करनी है. यंहा का इंतजाम हम देख लेगे.

दस दिन के पश्चात फिर सुबह सुबह घनश्याम को राजेश्वर मिला. वो गाड़ी में तो बैठा, लेकिन बहुत ही शान्त था. मंदिर आने पर उसने एक बार घनश्याम की तरफ देखा, लेकिन उससे बिना कुछ बोले गाड़ी से उतरा नही गया. कुछ पल वो घनश्याम को एकटक देखता रहा और फिर फुट फुट कर रोने लगा. घनश्याम भी उसकी प्रतिक्रिया से भावुक हो उठा, लेकिन बोला उससे भी कुछ नही जा रहा था. आखिर, राजेश्वर बोल ही पड़ा, लाला तुम ठीक ही कहते हो,कर्म ही पूजा है. तुम सामर्थ्यवान थे तो हम पति पत्नी को मरनासन्न अवस्था से निकाल सके. शायद बिना कर्म की पूजा के तो भगवान की पूजा भी बेमानी है. लाला भी सुलझे हुए इन्सान थे उन्होंने विनम्रता से जवाब दिया अरे मैंने तो कुछ नही किया, ये तो तुम्हारी पूजा का ही तो फल है जो उस दिन भगवान ने मुझे,तुम्हारे घर भेज दिया. अरे उसके बाद जो मैंने किया, वो तो कोई भी कर देता

मंदिर ना जाने वाला भी एक बहुत अच्छा इंसान हो सकता है, जैसे घनश्याम जी थे और शायद...

13. दोहरी जिंदगी

सेठ घनश्याम दास ने शिमला मे एक बड़ा बंगला लिया. आज वंहा पर गृह प्रवेश के लिए पूजा हवन का आयोजन किया गया है. घनश्याम जी अपने भरे पुरे परिवार के साथ बंगले मे पधारे हुए है. उनकी एक मात्र पोती शिखा जो 20- 22साल की है, सैर सपाटे के लिए अपने साथ कुछ सहेलिया के साथ आई हुई थी. वैसे तो नई पीढी को पूजा हवन से क्या लेना. लेकिन मज़बूरी थी, सो हवन मे बैठना पड़ा. थोड़ी देर मे ही पंडित जी पधारे. पंडित जी 27 -28 साल के आकर्षक युवा लेकिन सादगी से अलंकृत थे. उनके वेदों के धारा प्रवाह उच्चारण और आवाज से शिखा सहित सब लोग प्रभावित हो गये. बाद मे पंडित जी ने कुछ भजन भी सुनाए, जिसने वंहा पर बैठे सब लोगो का मन मोह लिया.

रात को शिखा और उसकी सह्लियो ने शिमला के मशहूर नाईट क्लब जाने का प्रोग्राम बनाया. मस्ती और नाचने गाने का दौर शुरू हो गया. तभी शिखा की सहेली की नजर डीजे पर गई. उसे डीजे की शक्ल पंडित जी जैसी लगी, लेकिन अपनी आँखों पर विश्वास नहीं हुआ. उसने यह बात शिखा को बताई, तो वो भी डीजे को देख कर अजरज मे पड़ गई की यह कैसे हो सकता है? कहाँ डीजे का रंगीला व्यक्तित्व, बिखराए बाल, जींस और टी शर्ट,टेट्टू और कहाँ वो सादगी से परिपूर्ण, धोती पहने पंडित. और दूसरी बात ये कहाँ पंडित का काम और डीजे वाला काम दोनों एक दम विपरीत. लेकिन शिखा समेत सारी सहेलिया एक बात से सहमत थी की डीजे और पंडित की शक्ल तो मिलती है.

आखिर कार शिखा से न रहा गया, नाईट क्लब के ख़त्म होने के बाद शिखा ने डीजे से पूछ ही लिया. आज तो घनश्याम जी के बंगले मे हवन करने आये थे, वो आप ही थे न. सो व्हाट, डीजे ने जवाब दिया. क्या आप को यह अजीब नहीं लगता, दोनों काम एक साथ. इस बात पर डीजे ने जवाब दिया, क्यों मेरे डीजे के काम ने क्या आपके घर पर बोले मेरे मंत्रो को कम प्रभाव शाली बना दिया या घर मे होने वाली पवित्रता मे कोई कमी आ गई है. पंडित का काम, मै अपने कुल की परम्परा के लिए करता हूँ. जो मुझे विरासत मे मिला, उसे समाज के साथ बाँटना मै अपना कर्तव्य समझता हू. और रही बात है डीजे की, वो मेरा पेशा भी है और शौक भी.

यदि आप यह सोच रही हो की मै कोई दोहरी जिन्दगी जी रहा हू. तो ऐसा नहीं है. शिमला मे लोग मेरे दोनों काम जानते है. दोहरी जिन्दगी तो आप जीते है, जिनको पूजा हवन से कोई लेना देना नहीं, लेकिन सिर्फ उसमे भाग लेते है समाज को दिखाने के लिए. नाईट क्लब आना चाहते है, लेकिन परिवार को बिना बताये. शिखा को उसके दो अंतिम वाक्य ऐसे लगे जैसे उसे गाल पर किसी ने दो थप्पड़ लगा दिया हो. कहाँ तो वो आइना दिखाने गई थी और कहाँ उसे खुद ही आइना देखना पड़ गया.

14. मेरी मर्जी

आज दिल्ली के एक चमचमाते हुए होटल में धोती कुर्ता पहने हुए एक ग्रामीण, अधेड़ उम्र के आदमी ने प्रवेश किया और रिसेप्शन पर बैठे लड़के को एक महीने के लिए एक कमरा बुक करने को कहा. उस लड़के ने उस ग्रामीण को आँखे फाड़ कर देखा, फिर कुछ ऊँची आवाज में बोला, आपको पता है कि इस कमरे का एक दिन का किराया कितना है. उस व्यक्ति ने भी जवाब दिया, 'भाई, अनपढ़ ना हु, बेरा है, एक दिन के पांच हजार और महीने के बैठे डेढ़ लाख, बता चेक लेगा या कैश, मेरे पास दोनों है.

सुन कर आप को इस आदमी के बारे में कुछ उत्सकता हुई तो पढ़िए इनकी कहानी.

चौधरी नर्फेसिंह दिल्ली में हरियाणा बोर्डर के पास सटे एक कस्बे में पैदा हुए. माँ बाप की इकलौती सन्तान थे. मात्र सत्रह साल की उम्र में इनका विवाह कर दिया. बाप बड़े जर्मींदार थे. आस पास के गाव मिला कर सैकड़ो एकड़ जर्मीन थी. इतनी बड़ी विरासत के मालिक हो कर भी चौधरी साहब काफी विनम्र और सहनशील किस्म के इंसान थे. लेकिन, विधाता का असूल है, कंही वो आदमी की किस्मत हीरे की कलम से लिखता है और कंही कोयले की कलम से. ऐसा ही चौधरी साहव के साथ हुआ, भरी जवानी में इनकी पत्नी इनका साथ छोड़ गई और पीछे छोड़ गई, तीन बेटे. घर वालो ने और आस पास के लोगो ने चौधरी नफेसिंह को बहुत समझाया की दूसरी शादी कर लो. लेकिन चौधरी साहब नही माने, इनका मन अपने बच्चो को सौतिली माँ को सौपने का नही किया. घर में धन दौलत की कमी नही थी. उन्होंने बच्चो के लालन पोषण में कोई कमी नही छोड़ी. अकेले ही उन्हैं बाप का प्यार भी दिया और माँ का भी.

ग्रमीण माहोल में होते हुए भी चौधरी साहब, शिक्षा का महत्व समझते थे. उन्होंने अपने तीनो बेटो को अग्रेजी स्कुल में पढाया. उस समय कस्बो का शहरीकरण हो रहा था. सरकार, मुआवजा देकर किसानो की जमीन ले रही थी. चौधरी नफेसिंह को भी सरकार की तरफ से एक बहुत बड़ी रकम मुआवजे में मिली. चौधरी साहब, दूरदर्शी थे, उन्होंने उन पैसो को बैंक में रखने बजाय प्रोपर्टी में निवेश करना ज्यादा उचित समझा.

वो चाहते थे की उनकी अगली पीढ़ी धन धान्य से भरपूर हो और उन्हें अपने जीवन में किसी चीज की दिक्कत ना हो. किस्मत ने भी नफेसिंह का पूरा साथ दिया. समय के साथ उनकी खरीदी हुई प्रोपर्टी की कीमत, आसमान छूने लगी.

नफेसिंह के तीनो बेटो की उम्र में जायदा फर्क नही था, अच्छा पड़ने लिखने के बाद,बेटो के कमाने से पहले ही थोड़े से अन्तराल में उन तीनो की शादी कर दी. लेकिन अब जमाना बदल गया, जिसका चौधरी साहब को अंदेशा ना था. अब नई लडकियो को सयुक्त परिवार रास नही आ रहा था, उन्हें प्राइवेसी जो चाहिए थी. चौधरी साहव ने अपनी बहूओ को बहुत समझाया की अलग होने से गाँव में बहुत बदनामी होगी. लेकिन, नये जमाने की लडकिया, कंहा मानने वाली थी, टस से मस नही हुई. मजबूरन, चौधरी साहब को अपने पैत्रिक निवास का हुलिया बदलना पड़ा. मकान को तीन मंजिला इमारत की शक्ल दे दी. चौधरी साहब यंहा इयोढी में खाट बिछा कर अपने दोस्तों के साथ हुक्का पानी पीते थे, उसकी शक्ल एक एक आधुनिक ड्राइंग रूम के साथ बेडरुमो ने अखितयार कर ली. चौधरी साहब ने मन मसोस कर सबसे उपर, सिर्फ एक कमरा ले लिया.

लेकिन बात सिर्फ यही तक खत्म नही हुई, अभी आधुनिकता के नाम पर काले साये ने चौधरी साहब पर और जुल्म ढाने थे.समय के साथ, उनकी बहुयो का बर्ताव बिगड़ता जा रहा था. जबकि अभी भी तीनो घर का खर्चा तो चौधरी साहब द्वारा खरीदी हुई प्रोपर्टी के आये किराये से ही होता था. बेटो की द्वारा कमाई हुई राशी से तो सिर्फ उनका जेब खर्च ही चलता था. चौधरी साहब को ना कभी ढंग से नाश्ता मिलता और ना ढंग से दोपहर का खाना पीना. दस बार, बहु बहु बोलने पर कोई एक ही जवाब देता. बेटो को भी इसके बारे में खुल कर तो नही बोले, लेकिन संकेत देते रहते. लेकिन बेटे भी तो कलयुगी थे, कानो पर जूं न रेगी. फिर भी.चौधरी साहब, बहुत सहनशील थे. वो ये सोच शांत हो जाते कि सब उपर वाले की मर्जी है. लेकिन एक दिन चौधरी साहब को बहुत तेज बुखार हो गया. उनकी हालत बहुत पतली हो गई. उनके मुंह से कोई आवाज नही निकली. पुरे दिन उनकी कोई सुध बुध लेने नही आया. अगले दिन शरीर में थोड़ी सी ताकत थी, डॉक्टर के पास गये. खून की जांच हुई, पता चला मलेरिया हो गया. चौधरी साहब, दवाई लेकर घर आ गये. पूरी रात, सोचते सोचते, जाग कर काटी. सुबह होते ही उन्होंने, एक अहम फैसला लिया. उन्होंने

अपनी सारी प्रोपर्टी को बेच कर, मिले हुए पैसो से जारी जिन्दगी ऐशो आराम से गुजारने का फैसला किया.

अब समझ आया, मच्छर के काटने से हिजड़ा नही, बल्कि एक आदमी 'मर्द' भी बना सकता है. चौधरी साहब के फैसले से तो मुझे ऐसे ही लगता है.

15. पूत सपूत तो

घनश्यामदास सक्सेना सरकारी नौकरी मे एक अच्छे खासे पद पर थे. उनके तीन बेटे थे.पहले दो बेटे बचपन से ही पढ़ाई लिखाई मे बहुत तेज थे और अच्छे इंजीनियरिंग कालेज से पढ़ कर विदेश मे ही सेट हो गये. लेकिन सबसे छोटे बेटे विजय का दिमाग पढ़ाई मे नहीं चला और किसी लाला की दुकान मे अकाउंटेंट की नौकरी करने लगा. जंहा घनश्याम जी अपने दोनों बड़े बेटो राकेश और रमेश पर बहुत गर्व करते, वही छोटे बेटे विजय को तिरस्कार की दृष्टि से देखते. उनको कोई भी मिलता तो अपने दोनों बड़े बेटों की तारीफ के गुणगान करने शुरू कर देते. विजय, इस बात से अंजान नहीं था. उसमे भी भी, सयम, संस्कार और आज्ञाकारी जैसे गुण थे. लेकिन घनश्याम जी को शायद उसमे ये गुण नजर ही नहीं आये.

घनश्यामदास जी जब रिटायर हुए तो उन्हें ऑफिस से एक अच्छी खासी रकम मिली. घनश्यामदास जी के दोनों बेटे जो विदेश मे थे, वो नौकरी करने के बजाय विदेश मे ही व्यापार करने की सोच रहे थे. घनश्याम जी ने सोचा, उनके लिए तो पेंशन ही काफी है, इसलिय उन्होंने सारे पैसे उन दोनों बेटो को दे दिए. इसी दौरान छोटे बेटे विजय और जिस लाला के जंहा वो नौकरी करता था, उस की बेटी के बीच में प्यार हो गया. लाला बहुत अमीर था. उसे भी विजय पसंद था, इसलिए वो शादी को तैयार हो गया. घनश्यामदास जी भी आधे मन से शादी को मान गये.

थोड़े दिनों बाद, विजय की पत्नी को पता चला की उसके पति के साथ बहुत नाइंसाफी हो रही है. वो ससुर का अपने पति के प्रति तिरस्कारपूर्वक व्यवहार से बहुत आहत थी. लेकिन विजय के बहुत समझाने पर वो शांत रही. कुछ दिनों बाद घनश्याम जी के सेहत कुछ बिगड़ने लगी. उनकी खांसी ठीक नहीं हो रही थी. जब काफी समय बाद भी उनकी खांसी ठीक नहीं हुई तो विजय उन्हें हस्पताल ले गया. पता चला उन्हें कैंसर है. डॉक्टरो ने उन्हें जल्द से जल्द कैंसर के इलाज के लिए कीमोथेरेपी शुरू करने के लिए कहा. घनश्यामदास जी क्योकि सरकारी नौकरी मे थे उनका इलाज निः शुल्क हो सकता था, लेकिन सरकारी हस्पताल मे लम्बी लाइन थी और इतना इंतजार मुनासिब नहीं था. इसलिए विजय ने झट से दोनों भाइयो को फ़ोन लगाया और सारी बात बताई. लेकिन दोनों भाइयो का

एक ही जवाब था, हम तो बिजनेस बढ़ा रहे है और हमे तो और पैसो की जरूरत है. उन्होंने विजय को इन्तजार करके सरकारी हस्पताल मे ही इलाज करवाने की नसीहत दे डाली.

विजय अपने पिता के रूखे व्यवहार के होने के बावजूद उनसे बहुत प्यार करता था. वो इस मुश्किल की घडी मे टूट गया और फूट फूट के रोने लगा. उसे रोता देख उसकी पत्नी ने इसका कारण पूछा तो पहले तो विजय ने कुछ भी बताने से इनकार करता रहा. फिर जब उसने सारी बात बताई तो उसकी पत्नी ने कहा की वो अपने पिता से इलाज के लिए पैसा मांग सकती है. लेकिन विजय का स्वाभिमान को यह गवारा नहीं था. तभी विजय की पत्नी को याद आया, की उसके पिता ने बहुत समय पहले उसके नाम पर एक प्लाट खरीदा था, जिसके पेपर बैंक के लाकर मे पड़े हुए है. उसे बेचकर इलाज के लिए पैसे इक्कठे किये जा सकते है. विजय इसके लिए भी तैयार नहीं था. लेकिन उसकी पत्नी ने जब कहा उसे अपना स्वाभिमान प्यारा है या अपने पिता की जान. तो विजय किसी तरह तैयार हुआ.

अगले दिन विजय और उसकी पत्नी प्लाट के पेपर लेने बैंक गये. जब उन पेपर को प्रॉपर्टी डीलर को दिखाया, तो पता चला उस प्लाट की कीमत इतनी बढ़ गयी है की सिर्फ उसके बयाने से ही उसके पिता जी का इलाज हो सकता है. विजय और उसकी पत्नी ने झट से प्लाट का सौदा कर दिया. बयाने से मिले पैसे हस्पताल मे जमा करा दिए और घनश्यामदास जी का इलाज शुरू हो गया. विजय ने अपने पिता जी को यही बताया की पैसे विदेश से बड़े भाइयो ने भेजे है.

कुछ समय के बाद घनश्याम जी ठीक हो गये और लेकिन देर सवेर,उन्हें सचाई का भी पता चल ही गया.जिन्दगी भर जिसे वो खोटा सिक्का समझते रहे वो तो खरा निकला और जिन्हें वो खरा समझते तो उनके दिल मे खोट आ गया

. सच तो आज कल के चमक की दुनिया और पैसे को जरूरत से जायदा महत्व देकर, हम मानवीय गुणों को नजरअंदाज कर देते है यही गलती एक आम इन्सान ही नहीं पिता भी कर सकता है, घनश्यामदास जी ताउम्र अपने आप को इस गलती के लिए,कभी माफ़ नहीं कर पाए. —

16. माँ की ममता

राधा, बिहार मे एक छोटे से गाँव में मजदूर माँ बाप की बेटी थी. उसने अपनी जवानी की दहलीज पर कदम भी नहीं रखा होगा की माँ बाप ने उसकी शादी अपने साथ काम करने वाले एक मजदूर लड़के से कर दी. गरीबी की वजह से सब साथ साथ रहते. समय आगे बढता रहा. एक दिन राधा पर किस्मत की मार ऐसी पड़ी की उसका सर्वस्व लुट गया. राधा के माँ बाप और उसका पति, इक्कठे मजदूरी करने जा ही रहे थे, की एक तेज आता ट्रक अपना संतुलन खो बैठा और उसने तीनो को कुचल दिया. राधा की तो जैसे दुनिया ही उजड़ गयी. रो रो कर उसका बुरा हाल था. ऊपर से वो गर्भवती भी थी.

इस घोर सकंट में राधा को आसरा दिया, उसके मामा ने. कुछ माह बाद राधा ने एक प्यारे से बेटे को जन्म दिया. बेटे के जन्म के बाद तो जैसे राधा की दुनिया एक बार फिर बस गयी. अपनी होने वाली सन्तान के इस दुनिया में आने से पहले ही राधा ने सोच लिया था, उसकी जिन्दगी चाहे, जैसे रही हो, लेकिन वो अपने बेटे की जिन्दगी पर किसी काले साए को नहीं आने देगी. उसे जिन्दगी की वो सारी खुशीया देगी जो उसे कभी नसीब नहीं हुई. उसने अपने बेटे का नाम दीपक रखा. दीपक एक साल का भी नहीं हुआ था, की राधा ने शहर जाने का फैसला कर लिया. एक तो वो अपने मामा के ऊपर बोझ नहीं बनना चाहती और ऊपर से वो अपने बेटे की जिन्दगी और बेहतर बनाना चाहती थी.

उसके मामा ने उसको दिल्ली मे किसी रिश्तेदार का पता दे दिया और राधा को कुछ पैसे भी. उस रिश्तेदार की सहायता से राधा ने एक छोटा सा कमरा किराये पर लिया. राधा ने लोगो के घरो मे घरेलू नौकरानी के तौर पर काम करना शुरू कर दिया. काम करते उसने न सुबह देखा न शाम. जैसे बस, वो अपने बेटे की बेहतर जिन्दगी बनाने के लिए अपने आप को घिस रही हो. उसने दीपक को पढ़ाया लिखाया और अपनी हैसियत से बढ़ कर कर हर चीज दी.

दीपक जवान हुआ और उसने एक कपड़े की दुकान पर एक सेल्समैन की नौकरी शुरू कर दी. लेकिन राधा ने काम करना नही छोड़ा. उसे एक

हरेक हिन्दुस्तानी औरत की तरह एक आदत थी और वो थी पैसे जोड़ कर सोना खरीदने की. जिसकी दीपक को भी भनक न थी. इस तरह राधा के पास अच्छा ख़ासा सोना इक्कठा हो गया.

जब दीपक को पहली तनखाह मिली तो, उसने एक आज्ञाकारी पुत्र की तरह वो तनखाह माँ के हाथ मे पकड़ा दी. लेकिन माँ ने साफ़ मना किया और बोली, बेटा इनको अपने पास रखो और जोड़ कर अपने सपनों की साकार करो. कुछ वर्षों के बाद, दीपक ने इतने पैसे जोड़ लिए की उसने एक दुकान खुद किराये पर ले ली और कपडे का माल खरीद कर खुद अपना काम शुरू कर दिया. राधा अपने बेटे की ख़ुशी मे भी खुश थी.

कुछ दिनों बात, एक दिन शाम को राधा की तबियत एक दम से ख़राब हुई और वो अचेत हो गयी. दीपक, अपनी माँ को हस्पताल ले कर आया. डॉक्टरो ने उसे बताया की उसकी माँ को दिल का दौरा पड़ा है और उसकी सलाह दी की जल्दी ही वो अपनी माँ का आपरेशन करा ले, नही तो उसकी जान को खतरा है. दीपक को यह भी बताया गया की आपरेशन पर तीन चार लाख का खर्चा आएगा. दीपक भी अपनी माँ को दिलो जान से प्यार करता था, उसने निश्चय किया जैसे भी हो वो अपनी माँ को मरने नहीं देगा. दुकान मे जितना भी माल है उसे आधे पौने दाम पर बेच कर माँ के आपरेशन के लिए पैसे इकट्टे करे गा.उसने अपनी माँ को सारी बात बतायी. माँ, ने भी जवाब दिया, हट पागल, जिसने कभी जिन्दगी मे सुई नहीं लगवाई वो क्या आपरेशन कराएगी. बुड्ढी हो गयी हूँ, पता नहीं आज हूँ और कल नहीं. आपरेशन कराने का क्या फयादा ?

दीपक को अन्दर से पता था की माँ अपनी जान दे देगी, लेकिन उसकी खुशियों पर आंच नहीं आने दूंगी. माँ की यह बात सुनकर दीपक चुप रह गया. लेकिन, लगता था, की माँ के भाग्य का काला साया, उसके बेटे पर भी पड़ गया. एक दिन दीपक की दुकान में आग लग गयी. दुकान पर रखे सारे कपडे जल गये. राधा को लगा, जैसे भगवान एक बार फिर उस का इम्तिहान ले रहा है. उसने दीपक को ढांढस दिया. राधा अपना सारा सोना लेकर सुनारे के पास गयी, जो पैसे ब्याज पर देने का काम भी करता था.सुनारे ने वो सारा सोना खरीद लिया.

राधा ने सुनारे को कहा की यह बात दीपक को पता नहीं चलनी चाहिए की ये पैसे मेरे है.दीपक को मै यह बताऊ गी की ये पैसे मैंने आप से लिए, ब्याज पर. सुनारे को इस बात पर क्या आपति हो सकती थी. राधा ने वो रकम दीपक को यह कर दे दी की सुनारे से ब्याज पर लिए है. उसके बाद दीपक ने दुबारा दुकान खोल ली और माँ को बाकायदा सुनारे

का हर महीने ब्याज देने लगा. इस बात को कुछ महीने ही बीते होगे की एक बार फिर राधा को दिल का दौरा पड़ा, लेकिन इस बार उसे हस्पताल ले जाने की जरुरत नहीं पड़ी. इस बार, बारी दीपक की थी, अकेले होने की.

माँ के देहांत के बाद जब वो तय शुदा तारीख को सुनारे को ब्याज देने गया. तो सुनारे ने उसे बताया की वो पैसे उसके माँ के ही थे. यह सुनकर, दीपक इतना रोया, शयद वो उस दिनभी नहीं रोया, जिस दिन उसकी माँ का देहांत हुआ था.

उसे यह बात कचोट रही थी की जैसे, उसे माँ ने नही बताया की वो पैसा अपनी कड़ी मेहनत से पूरी जिन्दगी भर इकठा कर के सोना बेच कर लाई थी, उसी तरह वो भी तो, माँ को बिना बताये, दुकान का माल बेचकर अपनी माँ का आपरेशन करा सकता था.

माँ को यह सब बताने की क्या जरुरत थी. लेकिन उसे क्या पता था की एक माँ का दिल एक माँ का होता, जो इनता बड़ा होता की हम जैसे छोटे दिल के बेटे सोच भी नहीं सकते

17. आत्मावलोकन

नवीन, प्रसूति कक्ष के बाहर बैठा हुआ, गहन चिन्तन में था. वो सोच रहा था की बेटा होगा,तो कितना अच्छा रहेगा. कानो को सुनना कितना अच्छा लगेगा. जब लोग मुबारकबाद देते हुए बोलेंगे, की आप की फैमली कम्प्लीट हो गई है. गुडिया को उसका छोटा भाई मिल जाएगा. लेकिन पता नही फिर उसके विचार में आया की यदि दुबारा लड़की हो गई तो. सिर्फ इसके ख्याल मात्र से ही, नवीन के माथे पर चिंता की लकीरे आ गई.

और यही से शुरू हो गया, उसकी जिन्दगी का फ़्लैश बैक और नवीन का आत्मावलोकन. नवीन ने अनीता से प्रेम विवाह किया था. लेकिन विवाह के ठीक बाद अनीता ने सयुंक्त परिवार में रहने से साफ इंकार कर दिया. इसके बावजूद, नवीन के मम्मी पापा ने कोई नराजगी प्रकट नही की. बल्कि उनकी घर गृहस्थीजमाने में पूरा सहयोग दिया. नवीन के लिए किराए का घर भी उसके पापा ने ही ढूंढ के दिया. इतना ही नही, जब नवीन ने अपना मकान खुद खरीदा तो उसके लिए शुरू में दिए जाने वाले पैसे उसके पास नही थे. वो पैसे भी, उसके पापा ने ही दिए. और आगे भी, यदा कदा उसके लिए होम लोन की किश्त देने के लिए पैसे ना होते, तो वो भी पापा देते. और दीदी, उन्होंने तो अपनी शादी, खुद के कमाए पैसे से ही थी. और आगे, कुछ भी मांगने से साफ़ इंकार कर दिया.

और जब पापा का हार्ट का ओपरेशन हुआ तो तब भी दीदी ही तो, हॉस्पिटल में रही थी. उसने तो ऑफिस से छुटी ना मिलने का बहाना कर दिया. और जब मम्मी ने मोतिया बिन्द का आपरेशन कराया तो दीदी ने तो उनके साथ रह कर देख भाल की. वो तो बस हफ्ते में एक दो घंटे, मम्मी के साथ बैठ कर ही अपने कर्तव्य की इति श्री कर लेता. असली मायनों में हमेशा मम्मी पापा की मदद तो उसकी दीदी ही करती रही. इस संक्षिप्त आत्मावलोकन का नतीजा यह निकला की थोड़ी देर पहले नवीन यंहा पर पुत्र रत्न होने की प्राथना कर रहा था, अब उसके कान, बेटी के होने के खबर को तरस गए.

खैर भगवान ने उसकी सुन ली, नर्स ने खबर दी, मुबारक हो बेटी हुई है. अब नवीन की प्रसन्नता का ठिकाना नही रहा. उसे अब उसे ऐसे लग रहा था जैसे, उसकी जिन्दगी की सारी चिंताए मिट गई है.

लेकिन देखा जाए तो नवीन की प्रसन्नता का कारण उसका आत्मावलोकन ही था. बहुत बार हम लोग, दुनिया की सुनी सुनाई बाते या भेड़ चाल से उत्पन्न हुई सोच से प्रभावित हो जाते है और फलस्वरूप, यथार्थ से कोसो दूर चले जाते है. आत्मावलोकन,हमे ना केवल वास्तुसिथ्ती से आवगत कराता है बलिक बहुत बार तो इंसान, खुद को धोखा देने से बच जाता है.,

18. सूरत और सीरत

मोहल्ले मे एक २९-३० साल के विजय नाम के लड़के ने किराये पर घर लिया. वो अकेला रहता था. दिखने मे डैशिंग, अच्छे कपड़े पहनता था और एक लम्बी सी गाड़ी थी उसके पास. लेकिन अपने मे मस्त रहता था. मोहल्ले के एक दो लोगो ने उससे बात करने के भी कोशिश की. लेकिन उसने किसी को कोई तज्जबो नहीं दी. क्योकी वो ज्यादातर घर पर ही रहता था, इस कारण मोहल्ले के लोग थोडा सा उसे शक की नजर से देखते. लोगो ने आपस मे कहना शुरू कर दिया, जब यह लड़का कोई काम ही नहीं करता तो इतना बढिया लाइफ स्टाइल कैसे रखता. विजय के घर के बगल मे ही मिस्टर एंड मिसिस गुसा रहते थे. एक बार मिसिस गुसा ने विजय के घर जाते दो तीन बार किसी महिला को देख लिया, इस बात को लेकर उसने मोहल्ले मे ढिंढोरा पीट दिया. यानि की विजय के बारे मे गैर क़ानूनी और चरित्रहीन जैसे बाते मोहल्ले मे होने लगी थी. लेकिन विजय इन सब बातो से अनजान था.

मिस्टर एंड मिसिस गुसा दोनों ही प्राइवेट जॉब करते थे, इस सिलसले मे वे घर से जल्दी ही निकल जाते थे. उनका १० साल का बेटा, उनके ऑफिस जाने के बाद ही स्कूल जाता. एक दिन स्कूल जाते हुए, जब उसने घर से बीस पचीस कदम की दूरी ही तय की होगी, एक कार ने उसे टक्कर मार दी. वो सड़क पर गिर गया और बुरी तरह कराहने लगा. मोहल्ले के सारे लोग इकट्टे हो गए. कोई कह रहा था, एम्बुलेंस बुलाओ. कोई कह रहा था, पैरेंट्स को फ़ोन करो. शोर सुन कर विजय भी बाहर निकल पड़ा. उसने आव देखा न ताव, लड़के को उठाया और पास के नर्सिंग होम में ले गया. थोड़ी देर में मिस्टर एंड मिसिस गुसा भी नर्सिंग होम पहुँच गए. विजय ने उन्हें बताया की चिन्ता की कोई बात नहीं है. पैर की हड्डी टूट गई है, लड़के का माइनर ऑपरेशन चल रहा है. सुन कर मिसिस गुसा बोली, क्या आपको बता है की इस पर कितना खर्चा आएगा. विजय ने जवाब दिया, यह नर्सिंग होम मेरे पिता जी का है. उनसे मेरी नही बनती, इसलिए तो मैं उनसे अलग रहता हूँ, लेकिन मेरी उनसे अभी इतनी भी नहीं बिगड़ी की वो मेरे ही पड़ोसी से पैसा ले.

यह सुनकर मिसिस गुसा की हालत तो ऐसे हो गयी की काटो तो खून नहीं. उन्हें आज से पहले कभी इतनी शर्मिन्दगी का अहसास नहीं हुआ.

कही हम लोग भी तो बिना पूरी जानकारी के किसी के बारे मे गलत अवधारणा बना लेते. मेरा तो मानना है ऐसा करना अपने मन को दूषित करना है. तन और मन का तो चोली दामन का साथ है. ऐसा करके हम अन्तोगत्वा अपना ही नुकसान करेंगे.

19. दो भाई

विजय, राकेश का छोटा भाई था, दोनों में बहुत प्यार था. लेकिन दोनों में बहुत फर्क था. राकेश पड़ाई लिखाई में ठीक ठाक था, लेकिन विजय बहुत ही प्रतिभाशाली था. यंहा राकेश को पढने के बाद, एक ठीक ठाक से सरकारी नौकरी मिल गई, वंही पर विजय को इंजिनीयरिंग करने के बाद अमेरिका में बहुत अच्छी नौकरी लग गई. बहुत मोटी तनखाह मिलने लगी वो भी डालर में. समय बीतता गया, राकेश ने घर गृहस्थी बसा ली, जबकि विजय का शादी करने का कोई इरादा नही था. विजय छह महीने, साल में एक बार बार इंडिया जरुर आता और अपने भाई के परिवार में लिए बहुत सारे गिफ्ट ले कर आता. उसने महसूस किया किया की राकेश का रहन सहन कुछ खास अच्छा नही है, इसलिए वो अमेरिका से अपने भाई के लिए जबरदस्ती पैसे भेजने लगा.राकेश ने उसे बहुत मना किया, लेकिन विजय नही माना. वो उसे लगातार पैसे भेजता रहा. और सच बात तो यह है की समय के साथ राकेश की आदत भी बिगड़ गई. फिर तो वो यदा कदा विजय से पैसे मंगवाने लगा. और उसकी आदत इतनी बिगड़ गई की वो फिजूल खर्ची भी करने लगा और चोरी छिपे, अयाशी भी. लेकिन समय ने पलटा खाया और विजय को एक लडकी पसंद आ गई और उससे उसकी शादी भी हो गई. शादी के बाद, उसने विजय को राकेश के पास पैसा भेजने के लिए साफ़ साफ मना कर दिया, अब विजय क्या करता, वो भी घर में क्लेश नही चाहता था, उसने राकेश को पैसे भेजना बंद कर दिया. लेकिन राकेश इसे सहज भाव से नही ले सका. उसने विजय को कोसना शुरू कर दिया, यंहा तक उसे जोरू का गुलाम भी बोलता. अब उसे मन मार का जिन्दगी बितानी पड रही है.

तो मित्रो, ध्यान रखिये, दुर्घटना कंही भी और किसी भी के साथ घटित हो सकती है. इस तरह की 'भाभी', आप के जीवन में कभी भी आ सकती है, इसलिए हमेशा सावधान रहिये........ जनहित में जारी....... हां, खबरदार, यदि आप ने किसी महापुरुष में इस भाभी का रौद्र रूप देखने की कोशिश की तो.... कदापि नही.

20. छोटी सी भूल

राकेश सिंह प्राइवेट कम्पनी मे सॉफ्टवेयर इंजिनियर था. उसका जन्म एक जाट परिवार मे हुआ था. उसका बचपन दादा दादी के साथ गाँव मे बीता. उस समय वो बहुत दबंग और बेबाक था. क्योकि वह गाँव मे ही पैदा हुआ तो वो हरयाणवी ही बोलता था. लेकिन जैसे उसने पांचवी पास की. उसके पिता जी ने उसे शहर मे बुला लिया. पिता जी ने फ़ौज मे अफसर थे. सबसे पहले तो पिता जी ने उसका हरयाणवी बोलना बंद करा दिया. फिर उसे एक कड़े अनुशासन में ढाल दिया. उसका नतीजा हुआ, राकेश एक सोफ़सटिकेटीड और वेल कल्चर्ड इन्सान बन गया. लेकिन एक दब्बू इंसान भी. उसके साथ कुछ भी गलत हो रहा हो. लेकिन वो कोई प्रतिक्रिया नहीं देता था. समय आगे बढता गया. राकेश की नौकरी भी लग गई. फिर शादी भी. लेकिन राकेश का दब्बूपन नहीं गया. घर मे उसके बीबी, ऑफिस मे उसका बॉस और सहयोगी यदा कदा उसका नाजायज फायदा उठाते थे. मसलन, जब वो अपनी बीबी से पूछता की लंच पैक कर दिया. उसकी बीबी का जवाब होता, आज सब्जी नहीं बनाई. बाहर से खा लेना. राकेश ऑफिस मे काम करने मे तेज था. उसका बॉस बहुत बार उसके काम के साथ दुसरे सहयोगियों का काम भी दे देता.राकेश को यह अच्छा तो नहीं लगता था लेकिन कुछ बोल नहीं पाता.

एक दिन उसके ऑफिस मे सब लोगो को मेडिकल चेक अप कराया गया. राकेश सिंह ने भी मेडिकल चेकअप कराया. कुछ दिनों बाद सब को उसकी रिपोर्ट मिली. उस रिपोर्ट मे राकेश सिंह को डॉक्टर से मिलने की सलाह दी गयी. डॉक्टर ने उसे बताया की उसको एक गंभीर बिमारी है और इस बीमारी के कोई लक्षण नहीं होते, इसमें आदमी की आकस्मिक मृत्य हो जाती है. राकेश को यह अजीब तो लगा. लेकिन अब वो कर भी क्या सकता था. लेकिन उसने निश्चय कर लिया, की अब जिन्दगी के जो भी दिन है, वो बिंदास हो कर जिए गा.

जब अगले दिन, उसकी बीबी ने सब्जी न होने का बहाना बनाया तो राकेश ने उसको हरयाणवी मे दो गन्दी गाली दी और बोला सारा दिन बिस्तर तोडती हो, कल से हर हालत मे मुझे लंच पैक चाहिए. उसकी बीबी उसका बदला हुआ रूप देख कर घबरा गई. कहना न होगा, अब राकेशको

सुबह लंच पैक मिलता. अगले दिन ऑटो वाले ने उसे ऑफिस ले जाने के लिए मना किया, तो राकेश जबरदस्ती ऑटो मे बैठ गया. आखरी ऑटो वाले को उसे लेकर जाना ही पड़ा. उसके अब एक नये बिंदास रूप से ऑफिस वालो का उसके प्रति दृष्टिकोण बदल गया. अब उसका बॉस उसे सिर्फ उसी का काम दे देता. एक दिन ऑफिस मे शोक पत्र जारी किया गया, जिसमे किसी राकेश सिंह की आकस्मिक मृत्यु की जानकारी दी गयी. उस शोक पत्र को देख कर राकेश सारा माजरा समझ आ गया. असल मे दोनों का नाम एक होने से मेडिकल रिपोर्ट की अदला बदली हो गयी थी. लेकिन अब राकेश को जीने का मन्त्र मिल चूका था, बिंदास जिन्दगी जीने का.

आप भी अपने आप को टटोलिये. जिन्दगी हर किसी की राकेश सिंह की तरह मौका नहीं देती.

21. नारियल दोस्त

राकेश मेरे बचपन का बहुत नजदीकी दोस्त था. हम दोनों एक ही स्कूल मे पढते थे. बाहरवी के बाद मैंने दिल्ली यूनिवर्सिटी मे एडमिशन ले लिया ओर राकेश को दिल्ली से बाहर पुने मे किसी इंजीनियरिंग कालेज मे एडमिशन मिल गया. वो होस्टल मे न रह कर अपने एक दोस्त मोहित के साथ रूम शेयर कर के रहता था. उन दोनों का जो भी खर्चा होता, उसका आधा आधा शेयर करते थे....एक बार छुट्टियों मे मै भी राकेश के घर पुणे चला गया. मुझे उसके दोस्त, मोहित का व्यवहार कुछ अच्छा नहीं लगा. ओर कमाल की बात तो यह, मोहित खुद अपने आप को अव्वल दर्जे का कमीना ओर जिद्दी आदमी कहता था. एक बार तो हद हो गयी, मोहित ने राकेश को बोला, वो चीनी के पैसे शेयर नहीं करेगा, क्योकि वो तो चाय फीकी पीता है. मैंने बाद मे राकेश से पूछा की वो मोहित जैसे आदमी के साथ कैसे रहता है. राकेश ने मेरे बात हंसी मे टाल दी ओर बोला वो बाहर से जितना कडवा है उतना ही अन्दर से मीठा. मुझे तो राकेश की बात कुछ समझ नहीं आई. अलबता, मुझे मोहित के प्रति कुछ जिज्ञासा जरुर उत्पन्न हो गयी. इसके बाद मैं समय समय पर राकेश से मोहित की खबर जरुर लेता रहता. बाद मे मुझे पता चला, मोहित mba करके अमेरिका मे बस गया है ओर उसकी अच्छी खासी नौकरी लग गयी है.

कुछ वर्षा बाद राकेश की पत्नी को कैंसर हो गया. उसे इलाज के लिए पैसो की बहुत सख्त जरुरत थी. मुझसे जो कुछ हो सका, मैंने उसकी मदद की. राकेश ने मोहित से भी मदद मांगी. मोहित ने राकेश को दो लाख रूपये भेज दिए. इलाज के बाद राकेश की पत्नी ठीक हो गयी. राकेश ने धीरे धीरे सबके पैसे वापिस करने शुरू कर दिए. उसने मोहित से भी, पैसे वापिस करने के लिए उसका अकाउंट नंबर माँगा, जिसके जवाब मे मोहित ने उसको ईमेल मे क्या लिखा, उसकी एक कॉपी राकेश ने मुझे भी भेज दी, जिसे पढ कर मुझे विश्वास हो गया की राकेश सचमुच दिल का बहुत साफ़ आदमी था. आप भी पढ सकते है.

डिअर राकेश.

जैसे की तुम्हे पता है की मै बहुत ही कमीना आदमी हू. मुझे अपने सगे बाप पर विश्वास नहीं है तो तुम पर कैसे विश्वास करता. जब मैंने आपको दो लाख रूपये दिए तो इस लिए नहीं दिए थे की यह पैसा मैं तुमसे वापिस लूँगा. मैंने तुमे इतने ही पैसे दिए थे, जिन के खोने पर भी मेरी जिन्दगी मे लेश मात्र भी फर्क नहीं पढता. और तुम्हे पता है की जितना मै कमीना हू उससे जयादा जिद्दी भी. इसलिय प्लीज् दुबारा पैसे लौटने के बात मत करना.

यह मेल पड़ने के बाद तो मुझे भी लगा काश मोहित जैसा कमीना दोस्त सब को दे.

22. जड़ता

राकेश का जन्म आर्थिक रूप से एक निम्न वर्गीय परिवार मे हुआ था. लेकिन राकेश बचपन से ही बहुत प्रतिभाशाली था. सरकारी नीतियों के अनुसार उसे नवोदय विधालय मे प्रवेश मिल गया और इस तरह उसे एक अच्छी शिक्षा मिल सकी और साथ ही अच्छे संस्कार भी. इस विधालय मे नैतिक शिक्षा पर बहुत अधिक जोर दिया जाता था और विधार्थियो के चरित्र निर्माण पर भी. इस तरह राकेश भी एक अच्छे चरित्र का व्यक्ति बना.

स्नातक की डिग्री मिलते ही, राकेश ने सरकारी नौकरियों के लिए परीक्षाये देनी शुरू कर दी. और जल्दी ही उसे इनकम टैक्स इंस्पेक्टर की नौकरी मिल गयी. इनकम टैक्स जैसे डिपार्टमेंट मे विरला ही होगा, जो ऊपर की कमाई न खाता होगा. इस डिपार्टमेंट मे ऊपर से लेकर नीचे तक सभी के हाथ काली कमाई से रंगे थे. ये राकेश को दी हुई बचपन की नैतिक शिक्षा ही थी, जिसने राकेश का दामन साफ़ रखा हुआ था.

राकेश की एक बहन थी जो विवाह योग्य हो चुकी थी. अब नौकरी लगने के बाद घर की सारी जिम्मेदारी उसकी थी. उसे नौकरी से जो भी वेतन मिलता, उसका एक बहुत बड़ा हिस्सा वो अपने पिता जी के हाथ मे थमा देता. उसके पिता जी एक आम सोच के आदमी थे, वो उसे ऊपर की कमाई करने के लिए कहते. लेकिन राकेश पर तो जैसे ईमानदारी का भूत सवार हो.

समय धीरे धीरे बढता गया. राकेश के उम्र भी अब विवाह योग्य हो गयी थी. लेकिन घर की बाकि जरूरते पूरी हो तो, कोई उसके विवाह की सुध ले. ये समाज और परिवार भी कंहा तक स्वार्थी हो सकता है, इस बात की समझ राकेश के भोले से मन से कोसो दूर थी.

एक दिन राकेश को रात को अपने ऑफिस के ही सहयोगी के विवाह कार्यकम के लिए जाना था. जब उसने शीशे मे अपना हुलिया देखा तो बाल और दाड़ी दोनों ही बड़े हुए थे. इसलिए वो रास्ते मे ही किसी अच्छे से सलून मे बाल कटवाने और दादी बनवाने चला गया. जब ये दोनों काम ख़त्म हो गये तो नाई ने उससे हेड मसाज और फेसिअल के लिए पूछा.

क्योंकि विवाह के समय मे भी अभी काफी समय था, उसने हेड मसाज के लिए हामी भर दी. लेकिन उसे आश्चर्य हुआ की हेड मसाज करने के अब उस नाई की जगह एक सुंदर सी ब्यूटीशन आ गई थी. उसने राकेश की हेड मसाज करनी शुरू कर दी. राकेश को अपने जीवन मे पहली बार इस तरह किसी लड़की के स्पर्श का आनंद मिला था. उसका शरीर और मन दोनों आनन्द से भाव विभोर हो गये. जब हेड मसाज खत्म हो गया, राकेश ने उसकी तरफ देखा. वो उसकी भाव भंगिमा से समझ गया की वो लड़की उससे टिप की आशा कर रही है. राकेश ने अपना पर्स टटोला, देखा उसमे पांच पांच सौ के नोट थे. राकेश ने उनमे से ही एक नोट उस लड़की को थमा दिया. लड़की ने बदले मे एक लम्बी से मुस्कराहट के साथ उसे थैंक्यू बोला और दुबारा आने के लिए कहा.

उसके बाद राकेश को अपनी अन्दर उठती हुई इच्छायो का एहसास हुआ. कैसे वो एक लम्बे समय से उन्हें रोके हुआ था. कुछ दिनों के बाद राकेश दुबारा उस सलून मे पहुँच गया. अब वो लड़की हेड मसाज करते हुए उससे बात भी करने लगी. राकेश को उसकी बाते बहुत अच्छी लगी. अब राकेश के उस सलून के चक्कर लगने लगे. और एक दिन वो भी आया, जब उसने उस लड़की को दोस्ती का प्रस्ताव दे दिया, जो उस लड़की ने खुशी से मंजूर कर लिया.

अब राकेश और वो लड़की शाम को अक्सर मिलने लगे थे. राकेश उसे किसी कभी मंहगे से रेस्तरां में खाना खिलाता, कभी वो इकठे सिनेमा देखते. राकेश उसे एक से एक बढ कर गिफ्ट देता रहता. लेकिन इस चक्कर मे राकेश की सारी जमा पूंजी ख़त्म हो गयी, जो उसने बैंक मे अपने लिए जोड़ी थी. अब उसे इन सब चीजो की आदत सी हो गयी थी. इसका नतीजा ये हुआ, एक दिन किसी व्यक्ति का काम होने पर उस व्यकित के पांच हजार रूपये की पेशकश, राकेश ठुकरा न सका. ऐसा नहीं था की राकेश इससे खुश था, उसका मन उसे भारी लग रहा था.

उसी शाम को राकेश का अपने कालेज के पुराने मित्रो का चाय पार्टी पर मिलना तय था. इन मे से कुछ तो बाकायदा राकेश के तरह सरकारी नौकरी में थे. मित्रो मे आपसी बातचीत कर दौर चलना शुरू हो गया. बात का टॉपिक बदलता रहता. बात राजनीती से शुरू हो कर सरकारी विभाग मे भ्रष्टाचार पर आ गयी. बहस शुरू हो गयी, हरेक कोई अपने तरीके से अपना पक्ष रख रहा था. तभी उनमे से एक मित्र बोले, "बिकता हर आदमी है, बस कीमत और किस चीज के लिए बिकता है, यही अलग अलग होती है". यह बात राकेश को चुभ सी गयी.

पार्टी के बाद घर आने पर, राकेश से सही ढंग से खाना भी नहीं खाया गया. पूरी रात बिना नींद करवटे बदलती गुजर गयी. रह रह कर वो शाम वाली बात उसके दिमाग मे दौड़ती रही. आज उस के खुद के काम ने उसे अपनी नजरो के सामने जो गिरा दिया था. वो दुनिया को चाहे लाख धोखा दे दे, लेकिन अपने आप को तो धोखा नहीं दे सकता. आज वो भी दुनिया के एक सामान्य श्रेणी मे आ गया था. अपने आप को चरित्र निर्माण के बल पर गौरवान्वित महूसस करने वाला, खुद अपने आप को शर्मिंदा पा रहा था.

राकेश सुबह सुबह दफ्तर गया और फाइल मे उस व्यक्ति का पता नोट किया और चल पड़ा उसके घर उसके पैसे वापिस करने. वो पैसे वापिस करने पर ही राकेश को चैन मिला.

वास्तव मे किसी भी व्यक्ति का मूलभत चरित्र बचपन मे ही निर्धारित हो जाता है. यदि किसी कारणवश उसमे कुछ परिवर्तन होता भी है तो वो अस्थ्याई तौर पर होता है.

23. दोस्ती

आज जब विपिन अपने घर का कुछ जरूरी सामान लेने मार्किट में नये डिपार्टमेंटल स्टोर में गया तो उसे कैश काउंटर पर बैठे कुछ आदमी का चेहरा जाना पहचाना सा लगा. लेकिन उसे कुछ याद नही आया. वापिस घर आने के बावजूद उसका ध्यान उधर ही लगा रहा है की आखिर उस आदमी को देखा कंहा है, बिलकुल जाना पहचाना चेहरा लग रहा है. आखिर उसे चैन नही पड़ा. अगले दिन शाम को वो दुबारा डिपार्टमेंटल स्टोर गया और उस आदमी को बोल ही दिया की आपका चेहरा जाना पहचाना लग रहा है. उस आदमी ने भी विपिन को नीचे से ऊपर तक देखा, और विपिन से उसका नाम पूछा. विपिन ने जवाब दिया, जी, विपिन, विपिन कत्याल. वो आदमी नाम सुन कर बोला, कत्याल साहब क्या करो के मुझे जान कर आप ठहरे यूनिवर्सिटी टोपर और हम ठहरे बेक बेन्चर्स. उसका इतना बोलना था की विपिन ने उसे पहचान लिया और बोला अरे राकेश, कसम से,तुम तो पन्द्रह साल से वैसे के वैसे ही हो.दोनों एक दुसरे से मिल कर बहुत खुश हुए. राकेश ने अपने बारे में बताया की उसने कालिज से निकलने के बाद उसने अपने पिता जी की परचून की दुकान संभाल ली थी. फिर उसने मेहनत के बल पर मार्किट में डिपार्टमेंटल स्टोर खोल लिया. विपिन ने राकेश को बताया की उसने कालिज से निकलने के बाद mca की और आज एक बहुत बड़ी कम्पनी में सीनियर प्रोगामर है. बस पहली मुलाकात में इतनी सी बात हुई.

उसके बाद विपिन जब भी डिपार्टमेंटल स्टोर जाता तो राकेश उसे काफी डिस्काउंट देता. राकेश ने उसे बहुत बार मना किया की इतना डिस्काउंट तो ठीक नही. राकेश उसे हंस के जवाब देता, अरे बहुत लोग है मुनाफे के लिए, अब घर वाले थोड़े ही ना रह गये,मुनाफा कमाने के लिए. वैसे कालिज में इन दोनों में कोई ऐसी दोस्ती नही थी. लेकिन धीरे धीरे अब दोनो में कुछ ज्यादा ही दोस्ती हो गयी, टाइम टाइम की बात है. एक दिन दोनों ने बातो बातो में शाम को पब जाने का प्रोग्राम बना लिया. दो तीन पैग पीने के बाद दोनों खुल से गये और निजी जिन्दगी की बाते बताने लगे. विपिन ने बताया उसकी पहली बीवी का शादी के कुछ वर्षा के बाद देहांत हो गया, फिर उसने पिछले साल ही किसी तलाक शुदा औरत

से शादी कर ली. अब वो अपनी नई बीवी के साथ बहुत ही खुश है.राकेश ने बताया की उसका दो तीन साल पहले तलाक हो गया था. और अब वो शादी नही करना चाहता. विपिन ने जब तलाक का कारण पूछ्ना चाह तो पहले तो राकेश टालता रहा, फिर बहुत पूछ्ने पर भी उसने बताया की उसे अपनी बीवी के चरित्र पर शक था और एक दिन तो उसने अपनी बीवी को रंगे हाथ पकड़ ही लिया. फिर उसके पास तलाक के सिवाय कुछ रास्ता ही नही बचा.

कुछ समय बाद, विपिन के घर में उसके पिता जी के पचहतर साल के जन्म दिवस के मौके पर एक पार्टी का प्रोग्राम था. इस प्रोगाम में उसने राकेश को भी निमंत्रण दिया. जब राकेश वंहा पंहुचा, तो विपिन ने अपने परिवार के सारे सदस्यों से अपना परिचय कराया. लेकिन जैसे ही विपिन ने राकेश को अपनी बीवी संगीता से मिलाया, तो दोनों ही एक दुसरे को देख कर असहज हो गये. वो असहजता, विपिन से भी छुपी नही रही थी. इसके पीछे क्या कारण हो सकता, वो सोच कर थोडा सा परेशान हो गया. खैर, प्रोग्राम खत्म होने के बाद राकेश ने विपिन से विदा ली. राकेश ने भी विपिन के चेहरे पर परेशानी के भाव पढ़ लिए थे.

रात को अपने बिस्तर पर लेटा, विपिन सोच रहा था की क्या उसे अपनी बीवी से इस बारे में कुछ बात करनी चाहिए या नही. तभी उसके मोबाइल पर राकेश का मेसेज आया, संगीता, मेरी ही बीवी थी और हाँ रंगे हाथ वो नही, मै पकड़ा गया था. संगीता सचमुच ही बहुत अच्छी है.तुम भाग्य शाली हो तुम्हे उस जैसी बीवी मिली. मै तो अभागा था, जो उसकी कदर ना जान सका.

क्या सच है, क्या झूठ लेकिन राकेश की तारीफ करनी होगी जो मर्जी हो अपनी तलाक शुदा बीवी को कौन खुश देखना चाहेगा ? लेकिन राकेश ने अपनी दोस्ती बहुत अच्छी निभाई

24. दोस्ती का रिश्ता

स्कूल कॉलेज के टाइम से ही कुछ मित्रो के ग्रुप से बन जाते है. मेरे भी ग्रुप मे दो दोस्त थे. राकेश और अजय. हम तीनो ही स्कूल टाइम से बहुत अच्छे दोस्त थे. हम यदा कदा स्कूल टाइम मे बंक करके मूवी देखने चले जाते. हम तीनो को मूवी देखने और रेस्तरां मे खाना खाने का बहुत शौक था. लेकिन राकेश बहुत ही कंजूस था, कभी भी जेब मे हाथ नहीं डालता था. हमेशा मुझे या अजय को ही पैसे खर्च करने पड़ते थे. क्योंकि हम दोनों ही अच्छी आर्थिक स्थिति वाले परिवार से ताल्लुक रखते थे, हमने कभी इस मामले को तूल नहीं दिया. लेकिन मैं और अजय हमेशा पीठ पीछे राकेश की कँजूसी का मजाक उड़ाते. खैर, १२ वी के बाद हम तीनो का इंजीनियरिंग कॉलेज मे प्रवेश हो गया. लेकिन राकेश अपने परिवार की कमजोर आर्थिक स्थिति की वजह से इंजीनियरिंग मे प्रवेश नहीं ले पाया. समय ने करवट ली. हम तीनो ही अपने हिसाब से अच्छी नौकरी करने लगे. लेकिन मैं अपने परिवार सहित बंगलोर मे शिफ्ट हो गया. जबकी अजय और राकेश दोने दिल्ली मे ही रह गए. मैं जब भी दिल्ली जाता, हम तीनो जरुर मिलते और किसी अच्छे से रेस्तरां मे बैठते. लेकिन राकेश की पुरानी आदत नहीं बदली. वो अब भी कभी जेब मे हाथ नहीं डालता था.जबकि अब वो अपनी नौकरी के हिसाब से आराम से बिल दे सकता था. राकेश और मैं, पीछे से यदा कदा इस बात को लेकर उसकी बुराई भी करते. हमें इस बात का भी एहसास था, शायद राकेश का पैसा न खर्च करना, बचपन से ही गरीबी देखर, उसकी आदत सी हो गयी है. लेकिन निंदा रस का मोह भी तो आसानी से नहीं छोड़ा जाता.

समय और आगे बढता गया. परिवार बढ़ने और नौकरी मे अधिक व्यस्त होने के कारण, हम यंहा फोन पर आपस मे रोज बात करते थे. धीरे धीरे यह हफ्ते मे आ गया. ऐसे ही जब मैंने अजय को फोन लगाया, तो उसने बताया की उसके पिता जी पिछले पांच दिनों से हॉस्पिटल मे है. उसने बताया की वो ही रात को हॉस्पिटल मे रुकता है. दिन मे भी हॉस्पिटल मे रुक कर उसे लैप टॉप पर ऑफिस का काम भी करना पड़ता हैं. वो बहुत थका और परेशान लग रहा था. क्योंकि वो अपने माता पिता का इकलौता बेटा था, उसका साथ देने के लिए कोई भाई भी नहीं था.

उसके बाद मैंने उसे फोन तो नहीं किया लेकिन मेसेज करके उसके पिता का हाल चाल मालूम करता रहा. कुछ दिनों बाद खुद ही अजय का फ़ोन आया और उसने बताया की पिता जी ठीक हो गये है और हॉस्पिटल से डिस्चार्ज भी. उसने मुझे बताया जिस दिन मेरी उससे बात हुई थी, उस दिन राकेश से भी बात हुई थी. पिता जी की बीमारी की बात सुनते ही वो हॉस्पिटल आ गया और उसके बाद रात को वो ही हॉस्पिटल मे रुकता था. और इतना ही नहीं, रात के दौरान पिता जी के लिए दवाईयों उसने खुद अपने पैसो से खरीदी, इनमे से कुछ बहुत महँगी भी थी. जब मै पिता जी के डिस्चार्ज के बाद उसे पैसे देने लगा.उसने पैसे लेने से यह कर इन्कार कर दिया की यदि उसकी जगह उसका भाई होता था, तो क्या वो उससे पैसे देता. अजय की बात सुनकर मैं सोच मे पड़ गया की हम कभी कभी दोस्ती जैसे रिश्ते को अहमियत नहीं देते, उसे हमेशा फायदे और नुकसान की नज़र से तौलते है. नहीं तो, दोस्ती का रिश्ता तो सबसे बड़ा होता, क्योकि बाकी रिश्तो की तो अपनी सीमा होती है. लेकिन दोस्ती का रिश्ता तो जरुरत के हिसाब से किसी भी रिश्ते की भूमिका निभा सकता है. बस दिल बड़ा और दिमाग खुला होना चाहिए.

25. मनोदशा

आज राकेश बहुत दुखी था, ऑफिस में तीन साल से जिस लड़की से उसका अफेयर चल रहा था, उसने राकेश को छोड़ कर किसी अमीर जादे से सगाई करली. राकेश बहुत ही सर्वेदनशील किस्म का प्राणी था. उससे यह दुःख बर्दाश्त नही हो रहा था, उसेअपनी आगे की जिन्दगी का रास्ता अंधकारमय लगने लगा, यंहा आगे आशा की कोई किरण नही थी. उसने अपने जिन्दगी को खत्म करने का फैसला कर लिया. उसके लिए आज की रात, जिन्दगी की आखिरी रात थी, नींद तो मानो उसकी आँखों से कोसो दूर थी. धीरे धीरे उसकी अपनी जिन्दगी की कहानी एक फ़्लैशबेक मूवी की तरह उसके दिमाग में चलने लगी. उसे याद आया, की कालेज के दिनों में भी उसका अफेयर हुआ था, उसी की कालेज की लड़की के साथ और उससे भी ब्रेकअप हुआ था.और वो उस समय भी इतना ही दुखी था, जैसे आज. उस समय तो उसने आप को पंखे पर फंदे से लटका ही लिया था की तभी उसे साथ के कमरे में सो रही बुडी माँ की खांसी की आवाज आई. उस समय उसका दुनिया में माँ के सिवाय कोई नही था. वो अपने माँ बाप की इकलौती संतान था.बचपन में उसके पिता की मृत्यु हो गयी थी. उसे लगा की यदि वो ही दुनिया में नही रहेगा, तो उसकी माँ पर क्या गुजरे गी ? कौन उसको देख भाल करेगा ? यह सोच कर उसने आत्महत्या करने का फैसला त्याग दिया. लेकिन आज तो ऐसा नही है. अब उसकी माँ अब दुनिया में नही है. अब वो जी कर क्या करेगा. अब तो उसकी अन्त्र्वेद्रा चरम सीमा पर पहुच गयी थी, उससे सुबह का इंतजार भी नही हो रहा था. एक बार फिर उसकी नजर उपर के पंखे पर पड़ी, लेकिन तभी एक विचार बिजली की तरह उसके दिमाग में कौंधा........ और उस विचार ने तो उसकी जिन्दगी बदल दी....... वो अब दुखी जरुर था, लेकिन उसके मन में एक सकून भी था..... जब एक के बाद दूसरा अफेयर हो सकता है तो दुसरे के बाद तीसरा क्यों नही. जब दुसरे अफेयर ने उसके पहले वाले अफेयर के ब्रेकअप के दुःख को भुला डाला, तो तीसरे अफेयर करने में क्या बुराई है.......आखिर समय दुनिया की सबसे बड़ी दवाई है, अच्छे अच्छे जख्म भर जाते है....इंतजार करने में क्या हर्ज है.

26. जाति है की जाती नहीं

मनोज त्रिपाठी, बनारस के ही रहने वाले और बनारस हिन्दू यूनिवर्सिटी से स्नातक, प्रथम प्रयास में ही भारतीय प्रसाशनिक सेवा में सफल. पिता, शहर के जाने माने आयुर्वेदचार्य और माता, महाविधालय में प्रधानचार्या. कुल मिल करा कर एक ख्यतिप्रास और सम्पन्न परिवार. इतनी बड़ी उपलब्धि के बाद किस व्यक्ति में अंहकार की भावना जागृत होना स्वावभाविक ही है. त्रिपाठी जी इस से अछूते नही रहे. अंहकार, गर्व और अहम जैसे मिश्रित भावनाए उनके अंदर कूट कूट क रके भरी हुई थी. दो साल के बाद ट्रेनिंग के बाद उनकी नियुक्ति दिल्ली महानगर में ही हो गई. सरकारी आवास मिला. उसकी साज सज्जा की सारी जिम्मेदारी उन्होंने अपने PA को दे दी. सब कुछ होने के बाद उन्हें दो व्यक्तियों को जरूरत थी. एक जो उनके लिए लिए खाना बना सके और बाकी जो घर का दूसरा रोजमर्रा का काम कर सके. PA को सख्त हिदायत दी गई, खाना बनाने के लिए किसी उच्च जाति का व्यक्ति ही देखा जाए और दुसरे काम के लिए कोई भी चलेगा.

खैर तुरंत ही एक 'महाराज' की व्यवस्था हो गई और एक 'नौकरानी' की भी. सयोगवश 'नौकरानी' 'निम्न जाति' से ताल्लुक रखती थी. संस्कारी त्रिपाठी जी ने उस नौकरानी से कभी आँखे भी नहीं मिलाई, उसके हाथ से पानी लेना तो दूर. लेकिन 'नौकरानी' ने कभी अपने आप को उपेक्षित नही समझा. एक दिन त्रिपाठी जी की तबियत थोड़ी सी ढीली थी और महाराज जी छुट्टी पर थे. उन्होंने सुबह का नाश्ता भी नही किया था. उनकी यह हालत देख कर नौकरानी ने उनको नाश्ता बना दिया और त्रिपाठी जी के सामने रख दिया. त्रिपाठी जी पेशोपेश में पड़ गये की नाश्ता किया जाए या नही. लेकिन एक तरफ से भूख और दुसरे तरफ नाश्ते की खुशबू, त्रिपाठी जी जायदा देर तक रुक नही पाए. नाश्ता, लाजवाब था. त्रिपाठी जी तो नाश्ता करके तृस हो गये. उनके मन में अपनी 'नौकरानी' के बारें में जानने की जिज्ञासा हुई. 'नौकरानी' ने उन्हें बताया कि वो पत्राचार से □□ कर रही है. गत वर्ष ही एक स्कूटर एक्सीडेंट में उसके पिता की मौत हो गई. और उसी दुर्घटना में उसकी माँ घायल हो गई. माँ की जान तो बच गई, लेकिन वो कोई भी काम करने में असमर्थ है. उसके तीन छोटे भाई बहन है. पिता की मृत्यु के बाद घर की सारी जिम्मेदारी

उस पर आ गई है. वो सुबह चार बजे उठ कर पहले अपने घर के लोगो का खाना बनाती है और फिर दुसरे घरो का काम करके शाम को देर से पहुच कर फिर दुबारा घर के लोगो के लिए खाना बनाती है और फिर रात को देर तक पढ़ती है.

जिन्दगी में पहली बार त्रिपाठी जी को लगा वो किस आधार पर एक जन्मजात जाति जैसे बात पर विश्वाश करते है. इस नौकरानी से श्रेष्ठ कर्म इस धरती पर कितने लोगो के होते होगे,जो अपने परिवार के लिए इतनी समर्पित है. खैर, उस दिन त्रिपाठी जी का अहम टुटा और उसने उस 'नौकरानी' को ना सिर्फ अपने घर में खाना बनाने का काम दे दिया बल्कि यथा सम्भव उसके परिवार को हर तरह से मदद भी देने लगे.

लेकिन प्रश्न यही है की हर 'त्रिपाठी' जी को लचीला बनाने के लिए एक परिस्थिति का इन्तजार क्यों करना पड़ता है यह लचीला पन स्वय क्यों नही आता ?

27. बदला

राजेश बंसल अपनी पत्नी के साथ अपने ससुराल मुम्बई आया था. क्योंकि काफी अर्से के बाद वो अपने ससुराल आया था, उसकी खूब खातिरदरी हुई. खाने मे जमाई राजा के लिए तरह तरह के भोग परोसे गये. स्वाद स्वाद मे राजेश भूल गया की पेट तो अपना ही है. नतीजा, रात को दो बजे अपना पेट ले कर बैठ गया. घर में कोई कही दवाई भी नही पड़ी थी. लेकिन इतनी रात को जाये तो कहाँ जाए. लेकिन सासू माँ, से अपनी जमाई रजा का दर्द देखा न गया, उसने हिम्मत करके पड़ोस मे ही रहने वाले डॉक्टर साहिब को फोन लगा ही दिया. डॉक्टर साहिब भले मानस थे ऊन्हें इतनी रात को जगाने पर गुस्सा तो आया, लेकिन मरीज को देखने के लिए तैयार हो गये.

डॉक्टर साहब ने राजेश से पूछा, क्या तकलीफ है. राजेश ने बताया, बस डॉक्टर साहिब खाना कुछ ज्यादा खा लिया और पेट मे दर्द हो गया. डॉक्टर साहब ने राजेश के शरीर का मुयायना शुरू कर दिया. जहाँ तहा के कपड़े उतारे. कभी स्टेथोस्कोप को छाती पर लगते तो कभी पीठ पर.बीसियों सवाल पूछे, और आखिर मे एक इंजेक्शन ठोका और 4 चमच्च दवाई के राजेश के मुँह के अन्दर ठोस दिए. इंजेक्शन ऐसे लगाया है की राजेश को अपनी नानीं याद आ गयी. आखिर मे डॉक्टर ने यह बोल कर 'समथिंग वैरी सीरियस' कह कर रही सही कसर भी निकाल थी. डॉक्टर साहब ने राजेश से उसका नाम और उम्र पूछी और एक पर्ची पर लिखा और वो पर्ची राजेश को थमा दी और उससे कहा, आप को कुछ टेस्ट कराने पड़ेगे, सुबह 12 बजे मेरे क्लिनिक आ जाना. राजेश को कुल मिला कर डॉक्टर साहब का बर्ताव कुछ अजीब सा लगा, और 'समथिंग सीरियस' वाले वाक्य ने तो उसके मन का चैन लुट लिया. घर लौटते वक़त हुए, उसने अपनी सासू माँ से पूछा, माता जी यह डॉक्टर असली है ना ? क्या बात कर रहे हो, इस शहर के जाने माने डॉक्टर है, अपॉइंटमेंट लेने के बावजूद, दो दो घंटे इंतजार करना पड़ता है, लाइन मे, सासू माँ ने जवाब दिया. राजेश को घर आने के बाद नींद तो जाने गायब ही हो गयी. पेट दर्द भी जाने कहाँ गायब हो गया. वो सोच मे पड़ गया, आखिर क्या बीमारी हो सकती है उसे ? वो भला चंगा तो है. राजेश परेशान हो कर बैठ गया. आचानक, उसकी नज़र

पर्ची पर पड़ी. राजेश बंसल की जगह राजेश बंडू लिखा हुआ था. राजेश को बंडू के नाम से तो सिर्फ उसके कॉलेज के होस्टल वाले ही बुलाते थे और वो भी सिर्फ उसके बैच के. तो इस डॉक्टर को इस नाम का कैसे पता. फिर, उसके दिमाग मे ख्याल आया, अच्छा तो यह डॉक्टर उसके हॉस्टल का ही होगा, जिसे इस नाम का पता होगा, शायद इतने साल बाद वो उसे पहचान नहीं पाया. लेकिन अगले ही पल उसने अपने आप को दुत्कारा, अरे गधे इंजीनियरिंग कॉलेज मे इंजीनियर बनते है न की डॉक्टर. राजेश पूरी रात सो नहीं पाया. बहुत परेशान था, पूरी रात यही सोचते बीत गई की आखिरी माजरा क्या है? सुबह उसने नाश्ता भी नही किया, जैसे तैसे बारह बजे वो डॉक्टर साहिब के क्लिनिक पंहुचा तो देखा वहां पहले से ही लोग कतार मे बैठे हुए थे. उसने वहा बैठी रिसेप्निस्ट को पर्ची दिखाई और उसको बोला मेरी 12 बजे की अपॉइंटमेंट है. रिसेप्निस्ट ने बदले मे उसको एक और पर्ची दे दी और राजेश को बोला 26 नंबर, वेट करिए. अब राजेश को इंतजार करने के सिवाय कोई चारा नहीं था. लेकिन जैसे उसका नंबर आया. रिसेप्निस्ट ने उसे रोक दिया और और बोली डॉक्टर साहिब का लंच टाइम हो गया है, अब वो एक घटे के बाद देखेगे. लेकिन राजेश से रुका नहीं गया और वो जबरदस्ती डॉक्टर साहिब के क्लिनिक मे घुस ही गया. डॉक्टर साहिब ने उसे देखते ही कहा, आयो राजेश जी आप के पेट दर्द तो ठीक हो गया न, चलो लंच करने चलते है, आपने सुबह का नाश्ता भी नहीं किया. अभी तक तो राजेश को शक था की, डॉक्टर साब उसे जानते है, अब उसका शक यकिन में बदल गया. उसने नाराजगी वाले शब्दों मे बोला, जिसे रात को बोला जाये उसे कोई गंभीर बीमारी है, तो उस व्यक्ति से नाश्ता कैसे निगला जाएगा. इससे आगे वो कुछ बोलता, उससे पहले डॉ साहिब ने उसे कहा, परेशान मत होइए. पहले लंच करने तो चले. शीघ्र ही दोनों पास के होटल मे पहुँच गये. राजेश के लिय एक एक पल बिताना मुश्किल हो रहा था. जैसे ही दोनों होटल मे पहुंचे तो डॉक्टर साहिब ने बोलना शुरू किया, है. बारहवी पास करने के बाद मेरा मेडिकल और इंजीनियरिंग दोनों मे प्रवेश हो गया था. मन मे बहुत द्वन्द चल रहा था, इंजीनियरिंग करू या मेडिकल. फैसला नही ले पा रहा था. इंजीनियरिंग मे मेरा एडमिशन तुम्हारे ही कॉलेज मे दिल्ली मे हुआ था और मेडिकल मे एडमिशन यही मुम्बई मे. क्योकि मेडिकल मे एडमिशन की डेट को अभी टाइम था और इंजीनियरिंग की आखिरी डेट आ चुकी थी. मैंने दिल्ली के इंजीनियरिंग कॉलेज मे एडमिशन ले लिया. लेकिन मन मे दंव्द चलता रहा. चार दिन बाद, अगले दिन मेडिकल मे भी एडमिशन की आखिरी डेट थी. मैं बिस्तर मे लेटा हुआ सोच रहा था, लेकिन फैसला नहीं ले पा रहा था की इंजीनियरिंग छोड़ू और मेडिकल मे एडमिशन लू

या इंजीनियरिंग ही चलने दू.उसी रात तुम मेरे कमरे मे अपने साथियों के साथ आये. हॉस्टल मे बाकी सीनियर्स ने भी रैंगिंग की थी, लेकिन हल्की फुलकी. लेकिन, तुम्हरी रैंगिंग का तरीका और खास कर तुम्हारी कपडे उतरावने वाली बात मुझे इतनी नागवार गुजरी की मैंने फैसला कर ही लिया की मैंने यंहा नहीं रहना. मुम्बई मे कम से कम अपने घर मे तो रहू गा और हॉस्टल, रैंगिंग का चक्कर भी नहीं रहे गा. कल तुम मेरे घर आये तो मै तुम्हे एक दम पहचान गया. तुम्हे कोई बीमारी वीमारी नहीं है वो तो मैंने तुमसे सिर्फ बदला लेने के लिए किया था और इंजेक्शन भी जान कर के लगाया था. यह सुन कर तो राजेश का हंसी के मारे बुरा हाल था वो बोला यदि बदला ही लेना तो अच्छी तरह लेते. यह सब बताने की क्या जरुरत थी. डॉक्टर साहिब ने जवाब दिया, तुम्हारा शुक्रिया अदा भी तो करना था. वो कैसे, राजेश ने पूछा. जिन्दगी मे ठीक फैसला लेने के लिए. यदि तुम उस दिन मेरी बुरह तरह रैंगिंग नहीं करते तो शायद मै वही दिल्ली मे ही रह जाता. लेकिन मुझे लगता है की जो दौलत और शोहरत मैंने डॉक्टर बन कर कमाई है, शायद मै इंजिनियर बन कर नहीं कमाता. उपर से मै इस पेशे से खुश भी हू.शायद मै डॉक्टर के लिए ही बना था, इंजीनियर बनने के लिए नहीं. आज वो दोनों बहुत अच्छे दोस्त है. जिन्दगी भी कैसे कैसे रंग दिखाती है. और एक बात और जिन्दगी मे हुआ कोई खराब वाकया भी कैसे जिन्दगी को एक खुबसूरत मोड़ दे सकता है, इस वृतान्त से सीखा जा सकता है.

28. समझदार निर्णय

आज संगीता ने विनोद से कोर्ट मेरिज कर ली. भाग्य ने तो इसका सहारा दिया ही लेकिन जो आज से दो साल पहले उसने हिम्मत करके जिन्दगी का जो अहम निर्णय लिया, वो शायद बहुत ही कम लडकिया कर सकती है.

संगीता के पिता की असमयिक मृत्यु हो गई थी. अब उसके परिवार में उसका एक छोटा भाई और माँ थी. माँ अनपढ़ थी और भाई बहुत छोटा. संगीता ने अभी ग्रेजुएशन ही पूरा किया ही था और आगे पढना चाहती थी, लेकिन पिता की मृत्यु के बाद परिवार के लिए कमाने का बोझ उस पर आ पड़ा. उसने एक प्राइवेट नौकरी ज्वाइन कर ली. उसे अपने भाई से बहुत प्यार था. वो उसकी हर फरमाईश पूरी करती. उसे कभी किसी चीज की कमी नही होने दी.

जिस कम्पनी में संगीता नौकरी करती थी, उसका मालिक विनोद एक अच्छा इंसान था. जब भी संगीता को घर के लिए आर्थिक मदद की जरूरत होती तो वो हमेशा संगीता की मदद करता. लेकिन संगीता को विनोद की आँखों में उसके लिए एक अजीब सी कशिश लगती, जैसे वो संगीता से कुछ चाहता हो, शुरू शुरू में तो संगीता थोड़ी सी घबराई, लेकिन जब उसने देखा, इतने लम्बे समय भी विनोद ने कभी बदतमीजी नही की तो वो विनोद के इस व्यवहार के बावजूद सहज रहती. इधर संगीता की उम्र बडती जा रही थी, लेकिन उसकी माँ को तो जैसे उसकी शादी की फ़िक्र ही नही थी. उसका सारा प्यार अपने बेटे के लिए था. संगीता तो सिर्फ उसके लिए पैसे कमाने की मशीन थी. ऐसा नही था, की संगीता को अपनी माँ के स्वार्थ का अंदाजा नही था. लेकिन उसे हमे लगता था की यदि भगवान ने जिम्मेदारी दी है तो उसे पूरा करना चाहिए. उसने सोचा शायद एक बार उसके भाई की नौकरी लग जाएगी तो शायद उसकी माँ उसके लिए शादी का भी सोचे. एक दिन पता चला, संगीता का छोटा भाई , अपने कालिज में पढने वाली लडकी से प्यार करना चाहता है और उससे शादी भी करना चाहता है. संगीता ने उसे बहुत समझाया की वो अभी छोटा है और पहले अपने पैरो पर तो खड़ा हो जा. लेकिन वो नही माना और उसके साथ मंगनी करने पर अड़ गया. माँ ने भी उसका साथ दिया, संगीता की एक

ना चली. संगीता को अपनी भाई की सगाई की रस्म पर अच्छे पैसे खर्च करने पड़े, लेकिन उसने उफ़ तक नही की.

संगीता को पता चला की उसकी कम्पनी के मालिक विनोद की बीवी चार साल से कोमा में है. अब संगीता को विनोद के लिए हमदर्दी हो गई थी. धीरे धीरे दोंनो में नजदीकिया बढ़ गई, और एक समय ऐसा भी आया, जब संगीता ने, भावनाओं में बह कर विनोद को अपना शरीर सौंप दिया. आखिर उसके भी शरीर की जरूरत थी और कब तक अपने आप को रोक पाती. और वैसे भी उसका अब विनोद से भावनात्मक लगाव भी हो गया था. उसे पता था की पहली बीवी के होते विनोद उससे शादी नही कर पायेगा. लेकिन वो इंतजार करने के लिए तैयार थी.

पता नही कैसे, संगीता के विनोद के साथ रिश्तो की भनक उनके ही पडोस में रहने वाली महिला को लग गई और उसने नमक मिर्च के साथ सारी बात संगीता की माँ को पता दी. जैसे संगीता घर पहुंची तो उसकी माँ और उसका भाई, उसके उपर बरस पड़े. उसे कलमुंही और पता नही, उसकी माँ ने क्या क्या सुनाया. उसके छोटे भाई ने तो यंहा तक कह दिया की यदि तुम्हारी हरकतो की खबर, मेरे ससुराल तक पहुंच जाए तो मेरा तो रिश्ता ही टूट जायेगा. माँ बेटे, दोनों ने संगीता को विनोद से अपने सारे रिश्ते खत्म करने को कहा.

सारी रात संगीता रोटी रही, वो सोच रही थी की उसने अपनी सारी जिन्दगी अपनी माँ और भाई के लिए लगा दी. और उनको, उसकी थोड़ी सी ख़ुशी बर्दाश्त नही हुई. क्या रिश्तो में भी इतना स्वार्थ हो सकता है. उसे लगा, इन सगे रिश्तो से वो तो अवैध रिश्ता ही अच्छा, कम से कम उसमे स्वार्थ तो नही है. यह सोच कर उसने घर छोड़ने का फैसला किया.

संगीता का फैसले को सही साबित होने के लिए ज्यादा इंतजार नही करना पड़ा. विनोद ने अपना वायदा पूरा किया और संगीता की घर गृहस्थी बस गई. और उधर, ज्यादा से स्वार्थ दिखाने का खमियाजा संगीता के भाई और माँ को भुगतना पड़ा. लेकिन संगीता की दाद देनी पड़ेगी, एक बार जो उसने फैसला किया, उससे पलटी नही.

29. पंकज और संगीता

संगीता और मीनाक्षी दोनों ही दिल्ली के भारती पब्लिक स्कूल में टीचर थी. दोनों के स्वभाव और परिवारिक पृष्ठभूमि में बहुत फर्क था. देखने में दोनों ही बहुत खूबसूरत थी, लेकिन संगीता यंहा सरल और सीधे स्वभाव की थी. वंही मीनाक्षी नकचड़ी और एक नम्बर की घमंडी. संगीता, कम उम्र में अपने माता पिता को खो बैठी थी और अकेले ही,दिल्ली में पेइंग गेस्ट बन कर रह रही थी. मीनाक्षी सम्पन्न परिवार से थी. उसके पिता बहुत बड़े बिजनेसमैन थे. जब आज स्कूल की छुट्टी हुई तो, मीनाक्षी की गाडी स्टार्ट नही हो रही थी. पास में ही संगीता ने यह सब देख लिया जो,अपनी स्कूटी से अपने घर जा रही थी. जब उसने देखा की मीनाक्षी की गाडी स्टार्ट नही हो रही है तो उसने मीनाक्षी को उसके घर छोड़ने की पेशकश की, क्योकि उसके घर का रास्ता मीनाक्षी के घर से ही जाता था. मीनाक्षी स्कूटी में बैठना तो नही चाहती थी, लेकिन उसके पास उस समय कोई और चारा भी नही था.

जब संगीता ने मीनाक्षी को उसके घर छोड़ा, तो औपचारिकता वश मीनाक्षी ने उसे घर पर चाय पानी के लिए पूछ लिया , जिसे संगीता मना नही कर पाई. संगीता और मीनाक्षी, ड्राइंग रूम में बैठ गई. मीनाक्षी की माँ उस समय किचन में थी और वो संगीता की उपस्थिती से अनजान थी. उसने बोलना शुरू किया, अरे तेरी मौसी ने आज एक रिश्ता बताया है ', उसी के स्कूल में टीचर है. बता रही थी की लड़का बहुत अच्छा है.और किचन से बाहर निकल कर मीनाक्षी को एक कागज थमा दिया, ये है उसका बायोडाटा. मीनाक्षी तो वैसे ही नकचड़ी थी, उसने बोला, 'मुझे नही करनी स्कूल मास्टर से शादी 'और यह कह कर उसने बायोडाटा लिखे कागज को तरोड़ मोड़ कर दरवाजे के बाहर फेंक दिया. फिर संगीता थोड़ी देर मीनाक्षी के साथ बैठी और चाय पी कर वो वंहा से चल दी. जाते जाते उसे पता नही क्या सूझी, उसने उस तरोड़े मरोड़े कागज, जिस पर उस स्कूल टीचर काबायोडाटा लिखा था, उठा लिया.

जब वो घर आई थी तो देखा, उस लडके का नाम पंकज था और वो दिल्ली के सबसे बड़े स्कूल में मैथ्स का टीचर था. उसमे उसका फोन नम्बर भी था. उसने उस नबर को व्हाटसएप में ऐड किया तो पकंज की डी

पी भी नजर आई. उसे वो अच्छा लगा. असल में वो खुद भी शादी करना चाहती थी, लेकिन वो तो उस दुनिया में अकेली थी. उसकी मीनाक्षी की तरह इतनी अच्छी किस्मत नही थी की कोई उसके लिए रिश्ता लेकर आये

. उसे लगा की शायद यही कुछ बात बन जाए. उसने पंकज को व्हाट्सएप पर हैलो लिख कर मेसेज भेजा, जिसका पंकज ने जवाब भी दिया. फिर संगीता ने उसे सारी बात बता दी. पंकज ने संगीता को मिलने के लिए बुला दिया. पंकज ने संगीता को बुलाया और उसे बताया की उसके परिवार में सिर्फ वो और उसके माँ है. पिता की कुछ माह पहले ही हृदयगति रुकने से असमायिक मृत्यु हो गई है. माँ इस सदमे को बर्दाश्त नही कर पाई है और उसे आंशिक रूप से लकवा मार गया. उसकी सेवा के लिए एक नर्स भी रखी हुई है. पंकज ने उसे बताया की वो आगे पढना चाहता था, लेकिन घर की आर्थिक सिथ्ती की वजह से उसको स्कूल टीचर की नौकरी करनी पढ रही है. पंकज ने आगे यह भी बताया की वो चाहता है उसकी होनी वाली बीवी, उसकी माँ की घर में रह कर सेवा करे. ताकि वो जल्दी ठीक हो सके. आखिर एक नर्स और एक बहु में फर्क तो होता ही है.

संगीता, घर आकर सोच विचार करने लगी की उसे पंकज के साथ शादी करनी चाहिए या नही. उसके पंकज बहुत ही पसंद आया, लेकिन घर में रह कर उसकी माँ की सेवा करने वाली बात,उसके गले नही उतर रही थी. वो अपनी अच्छी भली नौकरी छोड़कर घर की चारदीवारी में बंधना नही चाहती थी. लेकिन उसने सोचा, यह बात तो मीनाक्षी की मासी को तो भी पता होगी, फिर वो मीनाक्षी के लिए कोई रिश्ता क्यों लेकर आई. फिर उसे अपने इष्टदेव पर पूरा विश्वास था., उस दिन मीनाक्षी की गाडी का खराब होना, मीनाक्षी का उसे घर पर छोड़ना और फिर मीनाक्षी का इस तरह पंकज का बायोडाटा बाहर फेंकना, आखिरकार, यह सब उसके इष्ट देव द्वारा बनाया सयोग भी तो हो सकता है. इस तरह संगीता का विवेक और विश्वास ने उसे पंकज के साथ विवाह करने के निर्णय के लिए तैयार कर दिया.

दोनों ने आर्य समाज में जाकर एक सादे तरीके से शादी कर ली. शादी के बाद, संगीता को पता चला की पंकज, असधारण मेधावी छात्र है.वह एमएससी में गोल्ड मेडलिस्ट है. यह पंकज का बड़प्पन ही था, जो उसने अपनी इस खूबी को छुपाये रखा. शादी के बाद, संगीता ने घर को सम्भाल लिया. वो पंकज की माँ की मन लगा कर सेवा करने लगी. जिसकी वजह से उनकी सेहत में आशातीत सुधार होने लगा. उधर पंकज, स्कुल में पढाने के साथ, गणित विषय पर कुछ शोध पत्र भी तैयार कर रहा था. कुछ समय बाद उसके ये शोध पत्र, एक विश्वस्तरीय पत्रिका में

छपे. उसकी प्रतिभा को देख, अमेरिका की एक युनिवर्सिटी से उसे वंहा से स्कोलरशिप के साथ पीएचडी करने का प्रस्ताव मिला. जिसे पंकज ने सहर्ष स्वीकार कर लिया, क्योकि वो स्कोलरशिप की धनराशि अच्छी खासी थी. कुछ वर्षो के पश्चात ही उसने पीएचडी पूरी कर ली और उसे उस विश्वविद्यालय में ही असोसिएशट प्रोफसर की नौकरी मिल गई. डालर में उसे वंहा मिल रही तनखाह,एक भारीभरकम राशि थी. पंकज की माँ अब बिल्कुल भली चंगी हो चुकी थी.

एक साल के बाद, पंकज और संगीता भारत वापिस आये और एक बहुत ही शानदार पार्टी दी. संगीता ने अपने सब पुराने सहयोगी, जिसमे मीनाक्षी भी शामिल थी, सबको इस पार्टी में बुलाया. इतनी शानदार पार्टी और ठाट बाट देख कर मीनाक्षी से रहा नही गया और संगीता से पूछ ही बैठी,तेरे को ऐसा दूल्हा कंहा से मिल गया. संगीता ने विनम्रता से जवाब दिया, भोले शकर का वरदान है. अब मीनाक्षी को कौन बताये सोलह सोमवार का व्रत तो उसने भी रखा था, लेकिन उसमें इनता विश्वास कंहा था,जो विश्वास संगीता की भक्ति में था. और इससे बड़ी बात, इस वरदान को पाने के लिए जो तपस्या, त्याग संगीता ने किया, वो हर किसी के बस का नही.

30. शहरी बाबू

रामप्रसाद अपने बच्चों को एक बात ही बोलता था, मेरे दोस्त जगदीश की तरह बनो. पढो लिखो गे, तो शहर मे नौकरी मिलेगी, नहीं तो पड़े रहना, पूरी जिंदगी, मेरी तरह गांव मे.. लेकिन काफी अरसा हो गया,, अब उसने अपने बच्चो को यह सब बोलना, बंद कर दिया... आज उसका बेटा, खुद ही बोल पड़ा, क्यो बापू बड़े दिन हो गए, आपने अपने दोस्त का नाम नहीं लिया..

अब, बेटे को क्या बताये? पिछले महीने की ही तो बात है, रामप्रसाद अपनी परचून की दुकान मे बैठे थे. उनके बचपन के दोस्त और सहपाठी जगदीश जी उनकी दुकान पर पथारे. उनको देखकर ही रामप्रसाद ही खुश हो गए. असल मे जगदीश गांव मे ही क्या, पूरे जिले मे सबसे मेधावी छात्र थे. पढ लिख कर सरकारी विभाग मे अफसर लग गए. तभी से रामप्रसाद, अपने बच्चो को उनका उदाहरण देते रहते.वो भी चाहता था, उनके बच्चे, जगदीश जैसे सरकारी अफसर बने.

रामप्रसाद ने जगदीश से पूछा, इतने सालो बाद गाँव कैसे आना हुआ. जगदीश ने बताया, तुम्हे तो पता है, बाबू जी रहे नहीं. अब बंटवारे के लिए पुश्तैनी जायदद के कागजो की जरूत पड़ी तो गांव आना हुआ. सोचा, जाते हुए तुमसे मिलता हुआ जाऊ.

अरे आए तो घर तो चलना पड़ेगा. ऐसे नहीं जाने दूंगा, खाना खा कर जाना. रामप्रसाद ने कहा. अब दोनों दोस्त घर पहुँचे तो घर मे पूरी छोले बने हुए थे. जैसे ही रामप्रसाद की पत्नी ने पूरे छोले की प्लेट रखी तो, जगदीश ने साफ खाने से मना कर दिया. रामप्रसाद के पूछने पर बोले, अब इस उम्र मे ये यंहा सब कंहा पचता है. फिर जगदीश के हिसाब से घर मे सादा खाना बना इस हिदायत के साथ, नमक कम. ब्लड प्रेशर की समस्या जो उनको थी.

भोजन के बाद, रामप्रसाद जी ने गाँव के हलावाई से मशहूर रसमलाई मंगवाई तो फिर जगदीश ने हाथ जोड़ लिए, शुगर की बीमारी. जब रामप्रसाद ने जगदीश से पूछा ये सब बीमारिया आई कंहा से... जगदीश का जवाब था, ऑफिस की टेंशन, शहर की आपाधापी, बीवी बच्चो की रोज नई डिमांड, और भी जाने कितनी किच किच...

बस तब से रामप्रसाद का हृदय परिवर्तन हो गया..ऊपर वाले का शुक्रिया अदा किया, इस उम्र मे कोई बीमारी नहीं, लकड़ पत्थर् सब हजम....

.. बस रुतबा ही तो नही है, अच्छी भली चलती दुकान है, खेती बाड़ी है. किस बात की कमी है.... बिना मर्जी के खाना पीना भी कोई जीना है...

जिस अपने दोस्त से वो जिंदगी भर प्रभावित होते रहे, वो उनके लिए दया का पात्र बन गया.

बस, जिंदगी की रेस भी ऐसे है, कभी कोई आगे

31. जिंदगी के सवाल

आज सुबह से अग्रवाल साहब एकटक घड़ी की सुइया देख रहे थे, कब दोपहर के एक बजेगे और विदेश में बैठे अपने बेटा, बहु और पोते से बात कर सकेगे. बस नजरे थे की घड़ी की सुइयों पर ही अटक गई. कितना बदल जाता है, एकाएक. अच्छी भलीचल रही जिन्दगी की गाडी एक दम पटरी से उतर गई. कुछ दिन पहले ऐसा नही था, अपने काम से रिटायर्ड होकर और अपनी बेटी और बेटे की शादी करके, सब तमाम जिम्मेदारीयो से मुक्त होकर, अग्रवाल साहब, अपनी पत्नी के साथ एक अच्छी भली जिन्दगी गुजार रहे थे की बस एक रात ऐसी आई की सुबह हुई,लेकिन उनकी पत्नी सुबह नही उठी, बल्कि चिर निंद्रा में लीन हो गई. अपने जीवन के छठे दशक में पहुंचे, अग्रवाल साहब के एक पास परिवार के नाम पर सिर्फ उनकी पत्नी ही उनकी हमसफर थी. वो भी अब नही रही. बेटी शादी के बाद सुसराल में थी और बेटा, विदेश में रह रहा था. पत्नी के देहांत के बाद अंतिम संस्कार के लिए उनकी बेटा,बेटी और अन्य रिश्तेदार कुछ दिन तो अग्रवाल साहब के साथ रहे, लेकिन जब रस्मे पूरी हो गई हो गई,तो एक एक करगे सब विदा हो गये.

कितने अकेले हो गए, कैसे कटेगी जिन्दगी. घड़ी की सुइयों पर एकटक नजरे लगा कर अग्रवाल साहब यह सोच रहे थे. सोचते सोचते दिमाग भारी हो रहा था. लेकिन घड़ी की सुइओ को देखते देखते, एक दम अग्रवाल साहब के सामने लगभग ठीक पचास साल पहले का नजारा घूम गया. वो सात आठ वर्ष के थे. स्कूल का समय खत्म होने वाला था, तभी हेडमास्टर साहब उनकी क्लास में आए, और बोले कल से स्कुल साढे सात बजे नही शुरू होगा, बल्कि एक बजे से शूरू होगा. असल में वो सरकारी स्कूल था. दो शिफ्ट में चलता था, सुबह लडको का और शाम को लडकियो का. लेकिन अब शिफ्ट बदल दी गई. सुबह लड़कियो का और दोपहर को लडको. अग्रवाल साहब, जब उस उम्र में थे, उनके पिता कंही और नौकरी करते थे. घर में सिर्फ उनकी माँ और वो खुद ही थे. उनकी माँ भी स्कूल में टीचर थी. सुबह दोनों लगभग एक समय ही स्कूल जाते और एक लगभग एक समय ही लौटते. लेकिन, अलगे दिन तो अग्रवाल साहब को एक बजे बजे स्कुल जाना था. पहला दिन होने और घर में अकेले ना होने

की आदत की वजह से उनका समय नही बीत रहा था और वो भी बस घडियो की सुइयों को देख कर, एक बजे का ही इन्तजार कर रहे थे, जैसे आज भी वो एक बजे का इंतजार कर रहे थे. लेकिन अग्रवाल साहब को ऐसा लगा की वो कुछ ही दिनों की बात थी.... फिर तो सब रूटीन में आ गया था. यह सब याद आने के बाद अग्रवाल साहब की आँखों में थोड़ी देर देर के लिए आंसू जरुर आये, लेकिन दिल बहुत हल्का हो गया, उन्हें दिल के कोने में एक दिलासा हो गई.... धीरे धीरे सब ठीक हो जाएगा.

शायद जिन्दगी से जुड़े बहुत से सवाल भी हमारी खुद की जिन्दगी में ही छिपे होते है, बस जरूरत होती है, उन्हें टटोलने की.

32. लेनदेन

अलीपुर कसबे का चमड़ी सेठ, लोगो को सूद पर पैसा देने का काम करता था. उसके बारे में कहा जाता था की यदि उसका सगा बाप भी उससे पैसे मांगे,तो शायद वो उसका भी सूद वो माफ़ ना करे. उसके सूद की दर तो कभी कभी, एक दिन के पाच परसेंट तक छु जाती थी.

सूद की रकम, चमड़ी सेठ, लेने वाले की हैसियत, जरूरत और लौटने की मियाद पर तय करता. यदि सूद पर ली हुई रकम ज्यादा होती तो, वो रकम देने से पहले कोई चीज सोना, जमीन जायदाद के पेपर आदि गिरवी रखवा लेता था.

एक दिन उन्ही के कस्बे के महशूर हकीम नाजिमउद्दीन उनके पास आये और बोले मेरे बच्चे का एडमिशन ऍम बी बी एस में हो गया, फ़ीस के लिए पचीस हजार रूपये कम पड़ रहे है. यदि आप यह रकम सूद पर दे दे तो आपकी बहुत मेहरबानी होगी. गिरवी रखने के लिए,यह मै अपनी बेगम के कुछ जेवरात साथ लेकर आया हू.

यह सुन कर चमड़ी सेठ बोला, अरे हकीम साहब, क्यों शर्मिंदा कर रहे हो. आपसे सूद, तौबा तौबा. आप मालिक हो साब. उसने तुरंत अपने मुनीम को हुक्म दिया और पुरे पच्चीस हजार उनके हाथ में थमा दिये और पूरी विनम्रता के साथ बोले, हजूर, आराम से लौटा देना, कोई जल्दी नही है. यदि और पैसे चाहिए, तो वो भी तैयार है. हकीम साब, ने पैसे लिए और चमड़ी सेठ का धन्यवाद करके, वंहा से लौट गये.

यह सब देख कर मुनीम साब को लगा जैसे वो कोई सपना देख रहे हो, उसे सेठ का, हकीम साहब को बिना सूद के और वो भी बिना मियाद तय किये, पैसे देने वाली बात हजम ना हुई. और ना चाहते हुए भी, वो चमड़ी सेठ से इसका कारण पूछ बैठा. पहले तो चमड़ी सेठ, अपने मुनीम को टरकाने लगा. लेकिन मुनीम था की अपनी बात पर अड़ गया. चमड़ी सेठ ने बोला की हकीम साब बहुत ही भले आदमी है, वो गरीबो का मुफ्त इलाज करते है, ऐसे इंसान से क्या सूद लिया जाता है ?

लेकिन मुनीम ने यह कारण मानने से इंकार कर दिया और फिर सही कारण के लिए अड़ गया. लेकिन चमड़ी सेठ भी कम ना था, आगे

बोला, यही कारण तो है. एक बार मेरा बुखार बहुत बिगड़ गया. बहुत से डाक्टरों को दिखाया, लेकिन बुखार कम ना हुआ फिर मै हकीम साब के पास गया, उनके नुस्खे ने मुझे तीन दिन में ठीक कर दिया. मेरे मुंह से निकल गया, मेरे लायक कोई सेवा हो तो बताना. अब तुम बताऊ, क्या मै अपनी दी हुई जबान से पीछे हठ जाता. चमड़ी सेठ को लगा की उसकी इस बात से मुनीम संतुष्ट हो जाएगा.

लेकिन, मुनीम कंहा हार मानने वाला था, इस बार उसने सेठ को धमकी दे दी की उसे जब तक सही कारण नही बताया जाएगा, वो अन्न जल ग्रहण नही करेगा. अब चमड़ी सेठ को असली कारण बताने के सिवा कोई चारा नही था. चमड़ी सेठ ने जवाब दिया.

देख बीमारी और मुकदमे पर कितना पैसा खर्च हो जाए, उसे कोई नही जानता. इसलिए डाक्टर और वकील दोनों से भगवान ही बचाए. फिर भी, आज नही तो कल हकीम का लड़का डॉक्टर तो बनेगा ही और मुझे पता है की हकीम साब, मेरे दिए हुए पैसे की बात उसे जरुर बतायेगे. इस अहसान के बदले वो जिन्दगी भर, वो मुझ से और मेरे परिवार से फीस नही लेगा. अब तू खुद ही बता की सूद लेकर, क्या मैंने अपने पैर में कुल्हाड़ी मार लेता ? सूद तो मुझे मिल गया, जिसे अंग्रेजी भाषा में मेडिकल इन्सुरेंस कहा जाता है, वो भी इतने कम रेट पर.

पहली बार मुनीम को पता चला है की सेठ को चमड़ी सेठ क्यों कहा जाता है.

33. हकीकत

दादी एक और कहानी और सुनाओ ना. दादी आप कितनी टेस्टी टेस्टी चीजे बनाती है. दादी, एक बार मार्केट घुमा कर लायो ना. इन पन्द्रह दिनों में पांच साल का राजू अपनी दादी से इतना घुल मिल गया, मानो बस दादी माँ ही उसकी जिन्दगी है.दादी ने भी इन दिनों अपने पोते को खूब प्यार दिया. उसकी एक भी ऐसी फरमाइश नही थी, जो उसने पूरी नही की हो. जैसे ही दादी ने उसे बताया, कल पापा तेरे को लेने आ रहे है. तो राजू के चेहरे पर उदासी छा गई. वो बरबस बोल पड़ा.,दादी, आप हमारे साथ क्यों नही रहती. अब दादी, उस पांच साल के बच्चे को क्या जवाब देती. उस मासूम बच्चे के साथ अपने दिल का हाल,क्या खोलती. लेकिन अपने पोते के इस सवाल का दर्द,उसने अपने अंदर ही छुपा लिया.

. असल में राजू के पापा, सतीश की पत्नी का ट्रान्सफर दुसरे शहर में हो गया. अब एक नया शहर. किराए पर घर ढूंडना, एक अकेली औरत के बस की बात तो थी नही. इस लिए सतीश ने अपनी पत्नी के साथ उसे नये शहर में उसकी मदद करने के लिए चला गया. और अपने इकलौते बेटे को अपनी माँ के पास छोड़ आया. अगले दिन जब राजू के पापा, सतीश अपने बेटे को लेने आये तो राजू उनके साथ चलने को तैयार ही नही हुआ. वो दादी माँ को अपने साथ ले चलने की जिद करने लगा. जैसे तैसे सतीश ने,राजू को कार में बिठाया और उसे घर ले आया. बेचारा राजू, पूरे रास्ते रोता रहा. घर पर आते ही वो बिस्तर पर लेट गया, और कुछ भी खाने पीने से इंकार कर दिया.सतीश ने भी उसकी परवाह नही की. लेकिन जब रात को उसने राजू के सिर पर हाथ रखा तो वो बुरी तरह तप रहा था. उसने झट से डॉक्टर को फोन लगाया. डाक्टर ने राजू की लिए कुछ दवाई लिख दी. राजू अधपकी नींद में भी दादी, दादी बडबडा रहा था. सतीश ने डॉक्टर को सारी बात बताई. डाक्टर ने सतीश को हिदायत दी की राजू की इतनी छोटी उम्र में इस तरह का मानसिक अघात उसके स्वास्थ्य के लिए खतरा हो सकता है. और ऊपर से इस समय उसकी माँ भी उसके साथ नही है. उसने सतीश को कहा कि हो सके तो वो राजू की दादी को ही घर ले आये. सतीश के पास कोई चारा नही था. उसने राजू को प्यार से उठाया और बोला, तुम खाना खा लो. मै तुम्हारी दादी को लेने जा रहा

हु. इतना सुनना था की राजू उठ बैठा और उसने दवाई भी खा ली और चैन की गहरी नींद सो गया.

सुबह सुबह सतीश अपनी माँ को लेने चल निकला. उसकी पिछली जिन्दगी का घटना चक्र, एक एक करके उसकी आँखों के सामने घुमने लगा और एक एक घटना के साथ उसकी आँखों में पश्चातप के आंसू बहने लगे. सतीश के परिवार में सतीश के माँ बाप और एक उसका छोटा भाई जगदीश था. जगदीश, बचपन से ही मंदबुद्धि था. इसके विपरीत सतीश, प्रतिभा का धनी था. जगदीश के मंदबुद्धि होने के कारण, उसके पिता का झुकाव उसके छोटे भाई के प्रति ज्यादा था, जिसे सतीश ने कभी तवज्जो नही दी. समय बीतता गया. सतीश का विवाह हो गया. सतीश और उसकी पत्नी दोनों ही अच्छी नौकरी में थे. एक दिन सतीश के पिता का दिल का दौरा पड़ने से असामायिक मृत्यु हो गई. उनकी मृत्यु के बाद जब उसके पिता जी की वसीयत और बैंक खाते निकाले गये तो पता चला, सतीश के पिता, सारी जायदाद अपनी पत्नी यानि सतीश की माँ और बैंक बैलंस उसके छोटे भाई, जगदीश के नाम कर गये. यह सब जानने के बाद, सतीश के मन को एक धक्का तो जरुर लगा. लेकिन उसने यह बात, ना अपने चेहरे पर और ना ही अपनी जबान पर आने दी. लेकिन उसकी पत्नी ने, बोल बोल कर उसका दिमाग खराब कर दिया. ना चाहते हुए भी, उसके व्यवहार में अपनी माँ और भाई के प्रति बेरुखी आ गई. सतीश की माँ से भी यह बेरुखी झुपी नही रही. एक दिन उसने अपने बेटे और बहु के सामने घर छोड़ने का फैसला सुना ही दिया. इससे पहले वो कुछ बोलता, उसकी पत्नी ने जवाब दिया, जैसी आप की इच्छा,माँ जी. सतीश बस बुत सा बना रहा. उस दिन के बाद सतीश की माँ, अपने छोटे बेटे जगदीश के साथ अलग रहने लगी.

लेकिन, अब सतीश को समझ आया की एक बाप का दिल क्या होता. क्या गलती की थी उसके स्वर्गीय पिता की. उसके पिता जी ने जो बैंक बैलंस उसके छोटे भाई के नाम कर गये. आखिर वो विकलांग था, उसके भविष्य की चिंता करना तो उसके पिता के लिए स्वाभाविक ही था. उसे तो भगवान ने अच्छा खासा दिमाग दिया था. यदि,थोडा सा पैसा उसके छोटे भाई के नाम करके, उसके पिता ने उस खाई को कम करने की कोशिश की तो कोई गुनाह तो नही किया. वो भी तो अपने बेटे की थोड़ी सी खराब हालत देख कर अंदर से कांप गया है. तो उस बाप के दिल पर क्या गुजरती होगी, जिसका बेटा लगभग विकलांग हो. आज सतीश को समझ आ गया, जिन्दगी में कुछ समझने के लिए, उन परिस्थित्यों से खुद गुजरना पड़ता है. जो किसी के लाख समझाने पर भी समझ नही आती.

34. कालेज का प्यार

दीपा और सार्थक एक ही कालिज में थे. दोनों में काफी अच्छी दोस्ती थी. कालिज, खत्म हुआ, दोनों का मिलना जुलना होता रहा. कब यह दोस्ती, प्यार में बदली, पता ही नही चला.

सार्थक, हैंडसम भी था, इंटेलिजेंट भी और काफी अमीर खानदान से भी. दीपा, उस पर फ़िदा दी. बस, उसे सार्थक से एक ही शिकायत थी, वो थी, कालिज, छोड़ने के बाद भी, वो अपने पैर पर खुद खड़ा होने के लिए कुछ भी कोशिश नही कर रहा था. दो तीन बार, उसने सार्थक से इस बारे में बात भी की. लेकिन सार्थक, इस बात को हंसी मजाक में टाल देता, और बोलता, यही उम्र तो मौज मस्ती मारने की. एक बार शादी तो तय होने दो, तुम्हे किसी बात की भी कमी नही होने दूगा. लेकिन दीपा, सार्थक के इस जवाब से कभी भी आश्वस्त नही हो पाई.

वेलेंटाइन डे पर, सार्थक और दीपा ने कालिज के पुराने दोस्तों के साथ, शाम को एक अच्छे से रेस्तरा में पार्टी रखी. सार्थक ने अपनी कार निकाली, दीपा को पिक किया और रेस्तरा की तरफ निकल पड़ा. रास्ते में रेड लाईट हुई, सार्थक की कार के बिलकुल साथ एक युवती, पिछली सीट पर अपने दस ग्यारह साल के बच्चे के साथ स्कूटी पर थी. तभी एक गाडी पीछे से आई, जिसका ड्राइवर, उसका संतुलन खो बैठा था और उसने उस स्कूटी को एक जोरदार टक्कर मार दी. वो दस ग्यारह साल का बच्चा, इस टक्कर से उझल कर सिर के बल जमीन पर गिर गया. उसके सिर से खून बहने लगा. यह देख कर उसकी माँ ही हालत तो बहुत खराब हो गई, वो रोने लगी. सार्थक ने उस बच्चे को उठाया. उसकी माँ को सम्भाला.बिना कोई समय खोये, उसने स्कूटी दीपा को दी और उसे पीछे पीछे, नजदीक के सरकारी होस्पिटल के इमरजेंसी वार्ड में आने को कहा.

बच्चे का इलाज, जब शुरू हो गया तो दीपा ने सार्थक को कहा, अब तो पार्टी में चले. फहले ही काफी देर हो गई है. सार्थक ने दो टूक, जवाब दिया. बच्चे की माँ ने कार में अपने पति को फोन किया था, वो, थोड़ी देर में आने वाले है. जब तक वो नही आते, इस हालत में निकलना ठीक नही है लेकिन, जब तक बच्चे के पापा आते, इतनी देर हो चुकी थी की

पार्टी में जाने का कोई फायदा नही था. नतीजा, दीपा और सार्थक, दोनों ही बेरंग वापिस घर लौट आये.

रात को सोते वक्त, सार्थक को लगा की दीपा, को पार्टी मिस करने की वजह से, काफी बुरा लगा होगा, इस लिए उसने दीपा को सोरी का मेसेज भेजा. लेकिन, दीपा का जवाब आया, किस बात की सोरी, आज तो मेरी जिन्दगी का सबसे ख़ुशी वाला दिन है. लेकिन, लाख कोशिश करने के बाद भी उसने सार्थक को कारण नही बताया.

दीपा को,आज सार्थक में एक अच्छा इन्सान तो नजर आया ही और उसमे,एक जिम्मेदारी का एह्सास भी नजर आया. जब वो एक गैर के लिए इतने जिम्मेदारी, उठा सकता है तो अपनी घर गृहस्थी के प्रति कैसे गैर जिम्मेदार हो सकता है? दीपा की जिन्दगी की सबसे बड़ी, चिंता खत्म हो गई, फिर वो, आखिर कार, खुश कैसे ना हो.

35. कपड़े और संस्कार

दुबे जी एक सुसंस्कृत परिवार से ताल्लुक रखते थे और खुद भी परिवारिक संस्कार उनमे कूट कूट कर भरे हुए थे. दुबे जी बचपन से ही बहुत परिश्रमी और चाल चरित्र के पक्के व्यक्ति थे. परस्त्री पर दृष्टि, मास मदिरा और धुम्रपान जैसी चीजो से कोसो दूर थे. सुबह शाम दोनों वक्त प्रभु की पूजा भक्ति में दुबे जी काफी समय लगाते. बस, ये कुछ चंद बाते थी, जिन्हें दुबे जी अपने संस्कारी होने का सबूत मानते और उन्हें अपने संस्कारी होने पर बहुत आत्म संतोष या कुछ हद तक कहे गर्व भी था.

दुबे जी परिश्रमी होने के साथ मेधावी भी थे. ग्रेजुएट होते ही इन्होने बैंक में अधिकारी वर्ग की परीक्षा पास कर ली. इनको नियुक्ति दिल्ली के कनाट प्लेस इलाके में में हो गई. दुबे जी दोपहर को अक्सर लंच करके बैंक से बाहर आ जाते. सर्दी का मौसम शुरू हो गया था. धुप का आनंद लेने के लिए वो कनाट प्लेस के गलियारों में खड़े हो जाते. उसी समय कुछ लडकियों का एक ग्रुप, जो पास के दफ्तर में काम करती थी, अक्सर वो भी आस पास खड़ी होती थी और सिगरेट पीती हुई नजर आती थी. उनकी ड्रेस भी कम आधुनिक नही थी. ना चाहते हुए भी दुबे जी की नजर उन लडकियों पर चली ही जाती. और वो मन ही मन उनकी इस वाहियात ड्रेस और उनके सिगरेट पीने के अंदाज से मन ही मन सोचते, कितनी असंस्कारी है यह लडकिया.

वंही, पास में एक बुडा सा भिखारी भी बैठा होता था. उसका चेहरा, भद्दे भद्दे दागो से भरा हुआ था, जो उसके चेहरे को एक अत्यंत ही भयानक रूप दिए हुए थे. कोई भी व्यक्ति उसकी शक्ल दो तीन सेकंड से ज्यादा नही देख सकता था. दुबेजी की,जब भी उस व्यक्ति पर गलती से नजर पड़ जाती, तो उनका मन एक अजीब से घृणा से भर जाता. ठंड का मौसम, कुछ ज्यादा बढ़ गया तो एक दिन दुबे जी ने देखा कि, उन्ही सिगरते पीती और वहियात ड्रेस पहने वाली लडकियों के ग्रुप में से एक लड़की कंही से कबल लेकर आई और उस बुडे भिखारी आदमी के शरीर को उस कम्बल से अच्छे ढंग से ढकने लगी और उसके हाथ में एक लंच का पैकेट भी था, जो वो उस बुडे भिखारी के लिए लेकर आई थी. इसी तरह के लंच के

पैकेट से, खाना खाते हुए उस भिखारी को दुबे जी ने पहले भी, बहुत बार देखा था. अब उन्हें समझ आ गया गया कि वो लंच का पैकेट भिखारी को कंहा से मिलता है.

इस दृश्य ने एक बार दुबे जी को आत्मअवलोकन के लिए झझकोर ही दिया, शायद उनको बचपन से सिखाई संस्कार की परिभाषा में कुछ विरोधाभास सा नजर आ रहा था.

36. बाबा की कृपा

दक्षिण दिल्ली की एक पोश कालोनी साउथ एक्स की चमचमाती मार्किट से सटा हुआ है, कोटला. यंहा पर अधिकतर निम्नवर्गीय आय के लोग ही रहते है.

यही पर राजू, पला और बड़ा हुआ. अपने इलाके में वो पहला लड़का था, जिसने कालेज का मुंह देखा. लेकिन ग्रेजुएशन करने के बाद भी, जब उसे नौकरी नही मिली तो उसने ज्यादा इंतजार नही किया. उसे कुकिंग का शौक था. उसने एक रेहड़ी ली और उसके उपर ही खाना बनाने का बंदोबस्त कर लिया. अब उसके पास इतने पैसे तो थे नही की अपना ही कोई, छोटा मोटा डाबा खोल ले.

खैर, रेडी पर सुबह राजू लोगो के लिए नाश्ता बनाता. तरह तरह के परांठे और फिर दोहपर के खाने में कड़ी चावल और राजमा चावल. कुछ दिनों में ही उसका काम धधा चल निकला. हां, सडक पर रेडी लगाने के एवज में कुछ पुलिस वाले राजू से उगाही जरुर करते. उसने पुलिस वालो से उलझना, ज़रूरी नही समझा. उसने अपने मन को समझाया, जैसे बाकी बिजेनस मेन, सरकार को टेक्स देते है, वैसे ही वो पुलिस वालो को 'हफ्ता' दे रहा है.

लेकिन, उसकी मुश्किलें तब शुरू हो गई, जब पुलिस वालो ने उसकी रेडी से खाना खाना भी शुरू कर दिया. यह राजू को बिलकुल भी पसंद नही था. एक दिन बहुत परेशान होकर वो अपने स्थानीय ऍम एल ए के पास भी गया. ऍम एल ए साब, बहुत अच्छे आदमी थे, उसकी बात बहुत ध्यान से सुनी. तुरंत SHO साब को फोन लगाया और उसे अपने पुलिस वालो को ऐसा करने से रोकने के लिए कहा. राजू ने सोचा, अब उसका काम हो गया है. लेकिन, एम एल ए साब का कुछ असर नही हुआ. वंही ढाक के तीन पात. राजू, एक बार नही तीन बार ऍम एल ए के पास गया, लेकिन कोई बात नही बनी.

राजू को बाला जी पर बहुत विश्वाश था. अपनी इस समस्या के निदान के लिए वो बाला जी के मन्दिर तिरुपति गया और वंहा उसने इस समस्या से निदान के लिए बाला जी से विनती की. उसी रात, बाला जी,

उसके सपने में आये और बोले, तू अपनी रेहडी पर एक बोर्ड लगा दे और उस पर लिख दे. 'बेईमान, मेरी रेडी पर खाना ना खाए, उन्हें यह खाना हजम नही होगा '.

राजू ने दिल्ली पहुच कर ऐसा ही किया, जैसा, सपने में बाला जी ने बोला था. बोर्ड पर इस तरह लिखा देख कर पुलिस वालो ने राजू से पूछा की,यह कह माजरा है. तो राजू ने सपने वाली बात पुलिस वालो को बताई. पुलिस वाले राजू की बात पर बहुत हंसे और उन्हें इस बात का कोई असर नही हुआ. उन्होंने पहले की तरह जम कर खाना खाया, लेकिन कंही न कंही, उन्हें भी अंदर से डर था. और वो डर, यकीन में बदल गया, जब उन्हें थोड़ी देर बाद दस्त लगने शुरू हो गये. उसके बाद तो उन्होंने राजू की रेहड़ी से खाना खाना और हफ्ता लेना तो दूर, उसकी रेहड़ी से दूर रहने में भलाई समझी. बाला जी का डर, जो उनके मन में बैठ गया था.

हां, यह बात शत प्रतिशत सत्य है की बाला जी, राजू के सपने में आये थे, लेकिन पुलिस वालो को दस्त, बाला जी के अभिशाप से नही, बल्कि राजू की होशियारी से,उस खाने में मिलाये 'जमालघोटे' से लगे थे. अरे, सब काम भगवान थोडा ही ना करते है, कुछ दिमाग तो अपना भी लगाना पड़ता है.

37. खुला संसार

हरियाणा बॉर्डर से सटा हुआ है, विवेकानंद कालेज, जो आता तो दिल्ली यूनिवर्सिटी के अंतर्गत है. लेकिन इसका कल्चर बाकी कालिज से बिलकुल हट कर है. यहाँ पर अधिकतर विधार्थी दिल्ली के ग्रामीण इलाके से आते है. लेकिन क्योकि, इस कालेज में एडमिशन के लिए कट आफ परसेंटेज सब से कम जाती है, इस लिए दिल्ली के शहरी इलाको से भी काफी छात्र यंहा प्रवेश लेते है.

इसी कालेज में फर्स्ट इयर में सतीश और मनोज ने प्रवेश लिया और थोड़े समय में दोनों में दोस्ती हो गई. दोनों के पारिवारिक परिवेश में जमीन आसमान का फर्क था. सतीश के पिता जी किसान थे और सतीश का परिवार, बिलकुल बिलकुल ठेठ देहाती । वंही पर मनोज के पिता एक बहुत बड़े बिजनेस और माँ बहुत बड़ी सरकारी अफसर थी

मनोज कालिज में अपनी गाडी से ही आता जाता. सतीश समेत क्लास के सारे विधार्थी मनोज के ठाठ बाठ से बहुत प्रभावित थे. सतीश भी मनोज को बहुत बार कह चूका था की काश उसकी जिन्दगी भी तुम्हारी तरह होती.यह सब सुन कर मनोज फूला ना समाता. हां, यह अलग बात है की वो दोस्ती में कभी अमीर गरीब का फर्क नही करता था स्वभाव में वो विनम्र ही था. इसलिए सतीश की उससे अच्छी बनती थी.

एक दिन मनोज को किसी रिश्तेदारके विवाह में जाना था. विवाह समारोह का स्थान सतीश के गाँव से ही होकर जाता था. इसलिए वंहा जाते हुए, सतीश को साथ ले लिया. वो जाते वक्त थोड़ी देर सतीश के घर ही रुका, और वंही से तैयार हो कर निकला. सतीश की माँ ने मनोज के लिए चाय बनाई और उसको बोली, रात को शादी के बाद तो बहुत देर हो जाएगी. तू घर लौट कर क्या करेगा । रात को यंही रुक जाईयो. सुबह सतीश के साथ, यंही से कालेज चले जाइयो. मनोज को सतीश की माँ की बात जच गई और रात को शादी अटेंड करके वो सतीश के घर में ही सो गया.

जब वो सुबह उठा तो सतीश उसे अपने खेत दिखाने ले गया. मनोज उस दिन उसके खेत के ट्यूबवेल में ही नहाया. उसे जिस ताजगी का

अनुभव हुआ, उसे कभी जिन्दगी भर नही हुआ था. फिर जब वो घर लौटा तो देखा सब परिवार के सदस्य एक साथ नाश्ता कर रहे थे. सतीश की माँ ने उसी समय ताजा बिलोए हुए छाछ के साथ रोटी और मक्खन का नाश्ता मनोज को दिया. और उसके बहुत ना कहने पर भी जबरदस्ती एक रोटी, और खिला ही दी. और उसे बोला, तू सिर्फ एक महीना यंहा रह ले, तेरे को भी अपने छोरो की तरह तगड़ा कर दूंगी.

सच पूछो तो इस तरह की आत्मीयता का प्रदर्शन तो मनोज के परिवारिक परिवेश से कंही मेल नही खाता था.उसके घर में तो सिर्फ काम से काम रखना ही सिखाया गया था. और तो और शायद उसकी माँ ने भी उसकी तरफ इतना ध्यान नही दिया होगा. माँ के हाथ का बना नाश्ता तो उसे कभी नसीब ही नही हुआ. माँ के व्यस्त होने के कारण घर का सारा खाना, मेड ही बनाती थी. जिसमे माँ के खाने जैसे बात कंहा ?

जब उस दिन मनोज, सतीश के साथ कालेज जा रहा था वो रस्ते में सतीश को बोला, अब कभी यह मत कहियो की तेरी जिन्दगी, मेरी जैसी होती. जो तुझे मिल रहा है, उसकी कीमत तुझे शायद नही पता है, लेकिन मैंने जो जिन्दगी में खोया है, उसकी कीमत तो मुझे, आज अच्छी तरह पता चल गई है.

38. मर्दानी

साउथ दिल्ली के लक्ष्मीबाई नगर में एक वर्किंग वेमन होस्टल है. इस होस्टल में ज्यादातर उतर भारतीय लडकिया ही रहती है. उनमे से एक लडकी नार्थ ईस्ट की है, फिदेलो. उसका बाकी लडकियों से फर्क सिर्फ छेत्रियता तक ही सिमित नही था.बल्कि, उसकी बहुत सी आदते 'मर्दाना' थी. तेज मोटर साइकल चलाना, सिगरेट पीना और तो और, वो कपड़े भी मर्द जैसे ही पहनाती थी.ऊपर से उसका टूटी फूटी हिंदी बोलना. सारी लडकिया उसका बहुत मजाक उड़ाती थी, आगे से भी और पीछे से भी. लेकिन फिदेलो, बहुत ही मस्त किस्म की थी. वो किसी भी बात का बुरा नही मानती थी. बल्कि अपना मजाक उड़ने पर वो खुद ही कभी हंस देती या मुस्करा देती.

लेकिन एक दिन सुबह का माहोल बहुत ही गमगीन बना हुआ था. लखनऊ से आई,उस होस्टल में रहने वाली निशा को उसके घर वालो ने फोन पर खबर दी की उसकी माँ का देहांत हो गया.शाम को ही अंतिम संस्कार था. निशा का रो रो कर बुरा हाल था. उसे समझ नही आ रहा था की वो शाम तक घर कैसे पहुंचे गी. फ्लाईट से वो जा सकती थी. लेकिन उसे इस के लिए एयरपोर्ट सिर्फ एक घंटे में पहुंचना था, ऊपर से उसी दिन,दिल्ली में टेक्सी और ऑटो की हड़ताल थी. निशा का रोना देख, बाकी लडकियो के हाथ पैर फूले हुए थे. किसी को समझ नही आ रहा था, की क्या किया जाए. शोर सुन कर फिदेलो उसके कमरे में पहुंची, जब उसे सारी बात का पता चला तो उसने झट से निशा को तैयार होने को कहा. जब तक निशा तैयार होती, उसने झट पट, इन्टरनेट पर निशा की लखनऊ की फ्लाईट बुक कर दी. उसने निशा को अपनी मोटरसाइकल पर बिठाया और पूरी रफ्तार से निशा को बिलकुल ठीक टाइम एअरपोर्ट पहुंचा दिया.

फिदेलो को आज भी लडकिया 'मर्द' ही बोलती है, लेकिन मजाक के तौर पर नही बल्कि इज्जत के तौर पर. पता नही जिन्दगी के किस मोड़ पर शब्दों के मायने किस तरह बदल जाए, वक्त का और तकदीर का कुछ पता नही चलता.

39. टूटती बर्फ

रिश्ते में तो वो मेरे दूर के 'भाई साब' हुए. लेकिन, दोनों तरफ परिवार की अच्छी मित्रता और बचपन की सहजता, हम दोनों को, इससे आगे ले गई. दोनों में जो प्यार था, वो किसी सगे भाइओं से कम नही था.

लेकिन, जिस तरह,यह जिन्दगी एक जगह नही ठहरती, वैसे ही बचपन के बनाये इस रिश्ते में, वक्त के साथ, बहुत कुछ बदला. वैसे देखा जाए तो, यह जिन्दगी में एक मात्र चीज थोड़े ही थी, जो बदली थी, जो उस पर इतना त्ज्ज्बो देता.

वैसे 'भाई साब' ने बहुत तरक्की की, खूब पैसा कमाया. लेकिन एक बात जरुर थी, वो जब भी दिल्ली आते तो ठहरते मेरे गरीब खाने में ही थे. कभी कभी यह ठहरने का दौर लम्बा हो जाता. कारण जो भी हो, एक बार सम्बधो में प्रगाड़ता फिर हो गई.................लेकिन, जैसा मैंने कहा, जिन्दगी कभी एक जैसी नही रहती.रिटायरमेंट के बाद सरकारी मकान खाली करना पड़ा, जिन्दगी एक कमरे में सिमट गई.....'और इसी के साथ 'भाई साब' का भी आना बदं हो गया. और हमारे दोनों के बीच के सम्बद्ध फिर एक बार,पहले जैसे 'ठंडे' से हो गये.......किसी तरह का कोई क्म्युकिनेश नही, सिवाय इसके, सिर्फ मै ही उनके जन्म दिन पर फोन पर विश करता. लेकिन, उनके तरफ से कभी कुछ नही.

पिछले चार साल से यही चल रहा था, और पांचवे साल, यानि कुछ दिन पहले मै सोच में पड़ गया,क्या इस एक तरफा सवांद को जारी रखना जरूरी है....वैसे तो मै उन्हें सुबह सुबह विश कर देता था, लेकिन, पेशोपेश में पड़ने की वजह से देर शाम को किया.

जैसे ही 'भाई साब' ने फोन उठाया, तो शुरू हो गये, सुबह से तेरे फोन का इंतजार कर रहा हू, तेरे विश के बिना तो बर्थ डे, अधुरा अधुरा लगता है....फिर दस पन्द्रह मिनट बात हुई. उनकी तरफ से जो बातचीत हुई, उससे लगा

ही नही की, हम दोनों के बीच के रिश्ते की गर्म जोशी में कुछ कमी हो, बिलकुल वैसे के वैसे.और सच बताऊ तो मुझे भी यह अच्छा लगा.

बातचीत के बाद, मै एक गहरी सोच में पड़, यदि ईगो प्रोब्लम की वजह से मै उन्हें फोन नही करता ?....... समझ में आ गया, असल में कुछ रिश्तो की खूबसुरती ही 'ना समझी' में ही छुपी है, और इनमे जायदा समझदारी दिखाना, समझदारी नही, बल्कि ना समझी है.

40. मौत का कारण

मोहित की सेहत दिन पर दिन पर खराब हो रही थी. जुकाम खांसी जैसी बीमारी खत्म होने का नाम ही नही ले रही थी.और ऊपर से वजन गिर रहा था. अति आकर्षक व्यक्तित्व का मालिक मोहित सिर्फ हडियो का ढांचा बन रह गया. सब टेस्ट लिखने के बाद, डॉक्टर को HIV के लिए टेस्ट भी लिखना पड़ा और जब इस टेस्ट की रिपोर्ट पोजटिव आई तो मोहित के सामने अँधेरा झा गया और दस साल पहले की तस्वीर, मोहित के सामने सामने एक फिल्म की तरह चलने लगी.

फ्लाईट दिल्ली से मुंबई जा रही थी. सिर्फ 45 मिनट का सफर रह गया था. तभी मोहित के बगल वाली सीट पर बैठे एक बुजर्ग को अचानक बचैनी हुई और छाती में तेज दर्द.उसने एयर होस्ट्स को बुलाने के लिए बेल बजाई. एयर होस्टेस ने उसकी हालत देखकर, अनाउंस किया, यदि यात्रीयो में से कोई डॉक्टर हो तो वो मदद करने के लिए आगे आये. यात्रीयो में से एक डॉक्टर ने मोहित के साथ बैठे हुए यात्री की जांच की तो पाया की उसकी तो अब मृत्य हो गई है. इस बात को बीते दो मिनट ही हुए थे की मोहित ने फ्लाईट के स्टाफ से मांग की कि,उसके साथ बैठी हुई लाश को हटा लिया जाए. स्टाफ के कर्मचारीयो ने इसके लिए असमर्थता प्रकट की लेकिन मोहित था की इसके लिए अडा ही रहा. सिथ्ती की गम्भीरता को देख, एक बुजर्ग व्यक्ति ने मोहित को अपनी सीट ऑफर की. जब मोहित उस बुजर्ग की सीट पर बैठा तो बगल वाली सीट पर एक बहुत खुबसुरत विदेशी महिला बैठी हुई थी. मोहित भी आकर्षक था, थोड़ी देर में ही, दोनों के बीच बातचीत का सिलसला शुरू हो गया. वो विदेशी महिला मुंबई घुमने जा रही थी और मोहित मुंबई का ही निवासी था. बातो ही बातो मोहित ने उसे मुंबई दर्शन का प्रपोजल दे दिया, जिसे उस विदेशी महिला ने सहर्ष स्वीकार कर लिया. मुम्बई दर्शन के दौरान थोड़े ही समय में उनमे अच्छी दोस्ती हो गई और,क्योकि वो विदेश महिला बहुत ही उन्मुक्त विचारो की थी इस दोस्ती को अंतरंगता में बदलने में तो कुछ समय ही नही लगा... फिर जो दस दिन उस विदेशी महिला के साथ जो मोहित ने मौज मस्ती की वो मोहित जिन्दगी भर नही भूल पाया......

लेकिन अब यह रिपोर्ट...... अभी तक अपने बगल में बैठे व्यक्ति की मौत को मोहित अपने जिन्दगी के सबसे बेहतरीन समय के लिए कारण समझता था वो ही उसकी मौत का कारण निकली......वाह री जिन्दगी कैसे कैसे रंग दिखाती है

41. प्यार का समय

स्वामी जी बहुत परेशान हो रहा हू. पैंतीस साल उम्र हो गई, शादी नहीं हो रही.

अपने माँ बाप को बोलो, एक अच्छी सी लड़की तुम्हारे लिए ढूंढ देंगे, शादी करना कौन सी बड़ी बात है. स्वामी जी ने जवाब दिया.

लेकिन, स्वामी जी, मै, अरेंज मैरिज नहीं, लव मैरिज करना चाहता हू, लेकिन, कोई लड़की मिलती ही नहीं. जो मुझे सच्चे दिल से प्यार करे.

स्वामी जी, दो मिनट मौन रहे.. फिर उस युवक से पूछा, तुम्हारे दोस्तों का ग्रुप है. जो अब भी आपस मे मिलता हो.

युवक ने जवाब दिया,जी है, हम पांच छह स्कूल के मित्र है. अब भी आपस मे मिलते रहते है.

लेकिन, मित्र तो स्कूल छोड़ने के बाद भी बने होंगे, स्वामी जी ने पूछा.

जी, स्वामी जी आफिस वगैरह के काफ़ी मित्र बने. लेकिन, एक समय के बाद, उनसे मिलना जुलना नहीं होता. युवक ने जवाब दिया.

स्वामी जी ने, फिर उस युवक को कहा, तुमने तो खुद ही अपने सवाल का जवाब दे दिया.

मै समझा नहीं, युवक ने थोड़ा सा परेशान होते हुए कहा.

देखो बालक, तुम बचपन के दोस्त भावनात्मक रूप से जुड़े हुए हो. किसी स्वार्थ वश नहीं, इसलिए तुम्हारी दोस्ती अभी तक टिकी हुई है. एक उम्र के बाद जो दोस्ती होती है, वो दोस्ती नहीं बल्कि एक दूसरे का स्टेटस देख, आपसी फायदे को देख, समझ कर एक 'जान पहचान 'होती है. इसे दोस्ती का नाम देना ही गलत है.

इसी तरह जब एक लड़की को प्यार होता है, तो वो कच्ची उम्र मे ही होता है, बाद मे जो प्यार है, वो दिखावा है.

अब तुम इतने समझदार जरूर हो गए हो, की असली नकली प्यार को समझ पाते हो..... इससे पहले स्वामी संजीवानंद कुछ और कहते, युवक ने कहा, सब समझ मे आ गया और, उनके चरणों को प्रणाम करके वंहा से विदा हो गया।

42. दम्भ

राजेश और सुनीता वर्किंग कपल थे. हां, यह बात जरुर थी की राजेश का पद और और शिक्षा, सुनीता से कंही बहुत ज्यादा थी. जिसका वो समय समय पर सुनीता को ताना देता रहता. लेकिन सुनीता, बहुत ही सयंम वाली महिला थी, वो राजेश के तानो को भी सिर्फ मुस्करा कर ही जवाब दे देती.

आज सब सुनीता आफिस से घर आई तो, उसकी तबियत कुछ ठीक नही थी, आते ही उसने सर दर्द की दवाई ली और सो गई. थोड़ी देर बाद जब राजेश ऑफिस से घर आया तो, रोज की तरह सुनीता को चाय बनाने का आर्डर देने लगा. राजेश की आवाज सुन कर सुनीता की नींद तो खुल गई, लेकिन लाख चाहने पर वो अपने अंदर उठने की ताकत नही जुटा पाई. थोड़ी देर बाद राजेश का सब्र खत्म होता गया और उसकी आवाज, शोर में प्रवर्तित होने लगी.शोर सुन कर, उनका छह साल का बेटा शंटी, जो बाहर खेल रहा था, अंदर आ गया. राजेश ने उसे कहा, जाकर अपनी मम्मी को कहो, पापा के लिए चाय बना दे. शंटी, बोला. आज जब मम्मी घर आई थी तो वो कह रही थी की उनके सिर में बहुत दर्द है और मुझे बोला की मै ज्यादा शोर मत मचाऊ. थोड़ी देर सो जाऊंगी तो रात को खाना बना सकू गी,नही तो बाहर का उल्टा सीधा खाना पड़ेगा.

लेकिन राजेश को चाय की इतनी तलब लगी थी की वो अपनी इस तलब को छुपा नही सका और अनयास ही उसके मुंह से निकल गया की, लेकिन तेरे पापा को चाय पिए बिना तो चैन ही नही आएगा. शंटी ने जवाब में कहा, ''तो पापा आप खुद ही चाय क्यों नही बना लेते, पांच मिनट ही तो लगते है. वैसे मम्मी, मुझे भी इस समय कुछ स्नैक देती है, मुझे भी भूख लगी है. लेकिन मैंने तो मम्मी को डिस्टर्ब नही किया, सोचा एक ही दिन की तो बात है. ''''

बेचारे शंटी को तो क्या पता, की चाय बनाना तो दूर की बात, उसके बाप ने तो कभी कभी गैस के चूल्हे को अग्नि की आहुति भी नही दी. राजेश को लगा, जैसे उसका वो छोटा सा बेटा, उसे ताना दे रहा है. उसका हाथ, बस उठने ही वाला था की उसे अपने बेटे की उम्र का और अपनी

खुदगरजी का एहसास हुआ. उसे लगा की अब तक अपने पद और अपनी शिक्षा के, सुनीता को सारे दिए हुए ताने, उसे सूद समेत वापिस मिल गये है.

अपने छोटे से बच्चे के और बीवी के सयम के समाने उसे अपना रुतबा और शिक्षा बहुत छोटा लगने लगा. उसे आज एहसास हुआ की छोटा और बड़ा कुछ नही होता. घर गृहस्थी, एक मशीन की तरह होती है, पुर्जा, छोटा खराब हो या बड़ा, मशीन तो आखिरकार, किसी भी पुर्जे के खराब होने पर,काम करना बंद ही कर देती है.

43. सफर की तैयारी

मनोज की चंडीगढ़ मे बिजनेस मीटिंग थी. उसने ट्रेन की रिसर्वेशन करा रखी थी.उसने टैक्सी पकड़ी और न्यू देल्ही स्टेशन की और निकल पड़ा...

रस्ते मे प्रिया शोपिंग काम्प्लेक्स, वसंत विहार के पास उसे बहुत जोरो से प्यास लगी. उसने टैक्सी रुकवाई और पास की रेहड़ी से एक ठंडी पानी की बोतल ली और फटा फट गटक गया. पर्स खोला तो सारे 500 और 1000 रूपये के नोट. उसने हिम्मत करके रेहड़ी वाले को 500 रूपये का नोट दिया. उस पांच सौ का नोट देख कर रेहड़ी वाले ने बड़े रूखे अंदाज मे बोला 20 रूपये खुले दो.

मनोज ने सोचा ATM से कुछ पैसे निकलवा लेता हू,उसमे निकले 100 रूपये रेहड़ी वाले को दे दूंगा. मनोज पहले अपने बैंक वाले एटीएम में गया. वंहा से कुछ पैसे निकाले, लेकिन सारे 1000 और 500 के नोट. एक्स्ट्रा चार्जस की बिना परवाह किये मनोज ने दुसरे ATM से पैसे निकलवाये, लेकिन वंहा भी वही हुआ, सारे नोट 1000 और 500 के. फिर एक ATM से दूसरा ATM. आखिर कार मनोज को सफलता मिल गई.

एक ATM से 100 के नोट निकल ही गये. मनोज ने चैन की साँस ली. उसने रेहड़ी वाले को 100 रूपये दिए, लेकिन रेहड़ी वाले ने मनोज को फिर कहा 20 रूपये खुले दो,क्यों दिमाग खाली पीली कर रहे हो. एक बार तो मनोज का दिल किया उसे 100 रूपये ही दे दिए जाए. तभी उसकी नजर सामने मेकडोनाल्ड पर पड़ी उसने वंहा से आइसक्रीम ली और रेहड़ी वाले को 20 रूपये दिए. वो अपनी टैक्सी की तरफ बढ ही रहा था की उसके मोबाइल पर मेसेज आया की खाते मे पूरे पैसे न होने की वजह से उसका चेक लौटा दिया गया है.

ओह, मनोज को ध्यान आया की उनसे अपने क्रेडिट कार्ड की पेमेंट के लिए चेक जमा करा रखा था. ATM से खुले पैसो के चक्कर मे उसने कितने पैसे निकलवा लिए, इसका उसे ध्यान ही नहीं रहा. खैर, चेक बुक उसके बैग मे ही पड़ी थी और उसका बैंक भी प्रिया शोपिंग काम्प्लेक्स, वसंत विहार मे ही था. उसने पैसे जमा कराए और एक नया चेक भी जमा करा दिया

.मनोज फिर न्यू देल्ही स्टेशन की तरफ निकल पड़ा. रास्ते मे रेस कोर्स के पास ट्रैफिक रुका था, पता चला VIP मूवमेंट है. मनोज वैसे तो काफी समय पहले निकला था, लेकिन इन सब झेमेले मे उसकी ट्रेन झुट गई. अगली ट्रेन 4 घंटे बाद थी. मनोज ने दूसरी पार्टी को फोन किया. मीटिंग को 4 घन्टे आगे तय होगयी. अगली ट्रेन के मे मनोज को सीट भी नहीं मिली और उसे खड़े खड़े जाना पड़ा. समस्या यही खत्म नहीं हुए,जब अगली बार क्रेडिट कार्ड की स्टेटमेंट आई तो उसमे चेक बोउन्स चार्जेज, फाइनेंस चार्जेज और फिर सर्विस चार्जेज देख कर मनोज के जख्म फिर हरे हो गये. आज मनोज बहुत बड़ा बिसनेसमैंन, लेकिन मानो या न मनो उसके जेब मे दस रूपये की गड्डी जरुर मिले गी. आप भी पैसो के परवाह करो न करो,लेकिन खुले पैसे के परवाह जरुर करो.

44. स्वार्थी लोग

अनिल और अजय, दिल्ली में एक ही कम्पनी में काम करते थे.. अनिल, अविवाहित था, उसका घर परिवार बिहार में था. वो दिल्ली में एक कमरा किराए पर लेकर रहता था. जबकि अजय,विवाहित था और उसका पूरा परिवार दिल्ली में ही था. दोनों में अच्छी दोस्ती थी.

किसी कारणवश, कम्पनी को विशेष प्रोजेक्ट के चलते, दोनों की ट्रान्सफर मुंबई करनी पड़ी. अजय के दोनों बच्चो दिल्ली के स्कुल में ही पढ़ते थे, उसकी बीवी भी वर्किंग थी. इसलिए, उसका परिवार, उसके साथ मुंबई शिफ्ट होने में,असमर्थ था. इसी वजह से अजय और अनिल ने मुबई में एक साथ रहने का फैसला कर लिया. एक तो धन की बचत और दूसरा एक,दुसरे का साथ, यह दोनों ही चीजे थी.

अजय, दिल का मरीज था और ऊपर से अपनी सेहत को लेकर बहुत लापरवाह. अजय की पत्नी बार बार, अनिल को उसका ध्यान रखने के लिए फोन करती रहती. और अजय भी,अनिल के खान पान और बाकी चीजो का पूरा ध्यान रखता. समय समय पर, अजय की पत्नी और बच्चे भी मुंबई आते रहते,और कभी कभी, अजय की बहन का परिवार भी. समय के साथ, अनिल को अजय के पुरे परिवार के साथ अच्छी खासी बोंडिग हो गई. अजय की बहनों को तो,वो अपनी बहनों की तरह ही समझता था.

एक दिन, अजय को दिल का दौरा पड़ा. अजय, तुरंत उसे हस्पताल लेकर गया. उस समय अजय के बच्चो की परिक्षाए चल रही थी.इसलिए अजय की पत्नी सिर्फ एक दिन के लिए आई और वापिस चली गई. अनिल ने उनसे कहा, 'भाभी जी आप चिंता मत करिये, मै इधर सम्भाल लूगा'. पुरे पन्द्रह दिन तक अनिल हस्पताल में ही रहा. सोलहवे दिन,इसकी जररूत ही नही पड़ी. अजय, जो अब इस दुनिया में नही रहा.

आगे की जिम्मेदारी, भी अनिल ने सम्भाली. अजय के मृत शरीर को दिल्ली लेकर आया और वो सब कुछ किया, जो उससे हो सकता था.

लेकिन इसके बाद, कुछ ही दिनों में, अनिल को एहसास हो गया, अजय के परिवार ने,जो उसके साथ स्नेह दिखाया था, वो मात्र एक छलावा

था, उसके पीछे एक मात्र उद्देश्य, स्वार्थ पूर्ति था, इसके सिवाय कुछ नही. वो सारा प्यार और रिश्ते अजय की चिता के साथ ही राख होगये.

अनिल,उसके बाद मूम्बई में अकेला रहा, उसे अजय की कमी बहुत खली और दुःख भी. लेकिन ज्यादा दुःख, उसे अपनी नासमझी पर था, जिसकी वजह से उसे एक और इमोशनल अत्याचार झेलना पड़ा.

इसका नतीजा और कुछ नही, अनिल जो कभी जिंदादिल इन्सान होता था, आज रिश्तो के मामलो में बेहद संजीदा हो गया. काश, जिन्दगी की पढाई भी स्कूल में पढाई जाती............लगता है, जीवन अपने आप में अध्यापक है, उसकी जगह कोई नही ले सकता.

45. अर्जुन आज भी लड़ रहा है

आज अर्जुन बहुत दुखी है. कारण जानने के लिए, थोड़ा सा उसकी पिछली जिन्दगी में जाना पड़ेगा.

अर्जुन अपने तीन भाइयो में सबसे छोटा था. उसके पिता जी की घर के हिस्से में ही एक छोटी सी दूकान थी. उसने बारवी ही पास की थी, की उसके पिता जी, बढती उम्र की वजह से बीमार रहने लगे. माँ का देहांत पहले ही हो चूका था. उसके बाकी के दोनों भाई, अच्छा पढ़े लिखे और वेल सेटलड़ थे, और अलग रहते थे.

अब, दुकान को सम्भालने और पिता जी की देखभाल, दोनों की जिम्मेदारी, अर्जुन पर आ पड़ी थी. जिसे, अर्जुन ने बखूबी सम्भाला. इस जिम्मेदारी के लिए, उसने पढाई भी छोड़ दी.

उसके पिता ने जब देखा, की अब वो ज्यादा देर जीवित नही रह सकेगे तो उन्होंने एक सादे से कागज पर, वसीयत के तौर पर, दुकान और मकान अर्जुन के नाम पर कर दी.

पिता के देहांत के बाद तो अर्जुन के बड़े भाई ने तो अपने पिता जी की वसीयत का सम्मान किया. लेकिन,दस्रे भाई ने उस वसीयत को मानने से इंकार कर दिया. और अर्जुन पर अपना हिस्सा देने का दवाब बनाने लगा. अर्जुन के पास अपने भाई को देने के लिए कुछ नही था. जो दूकान से कमाई होती, उसी कमाई से पिता के इलाज का खर्चा भी चलता और घर का भी. कुछ बचता ही नही था. अपने भाई को वो हिस्सा देता भी तो कंहा से. मंझला भाई भी कम नही था, उसने अर्जुन के पास बकायदा वकील का नोटिस भिजवा दिया.

जब अर्जुन ने देखा, बात इस हद तक पहुच गई है तो उसने सोचा, क्या सगे भाई से जमीन जायदाद के लिए लड़ा जाए,और, उसने मकान और दूकान दोनों को खाली करने का फैसला किया. और, अपने बड़े भाई को अपने इस फैसले से अवगत करा दिया.

उसके बड़े भाई में उसे समझाया, यह कुछ करने की जरूत नही है. जब वसीयत उसके नाम पर है तो उसे दुकान और मकान को छोड़ने की

जरूरत नही है. यदि कोर्ट में मुकदमा चलता है भी तो उस कोर्ट की लड़ाई में वो ना उसका सिर्फ साथ देगा, बल्कि यो भी खर्चा आएगा, उसमे भी सहयोग करेगा..

बड़ी मुश्किल से अर्जुन ने अपने बड़े भाई की बात मानी. रात को वो यही सोचता रहा. भगवान ने उसे शायद कलयुग का अर्जुन बनाया है. उसका झगड़ा भी भाई के साथ ही है और झगड़ा भी जायदाद के लिए है. बस लड़ाई के मायने के बदले गयेहै. युद्ध, लड़ाई के मैदान ना होकर कोर्ट में होगा..... एक बात और, महाभारत के काल में भाई भाई का प्यार भी देखते बनता था और दुश्मनी भी........... और यही कलयुग, में भी हो रहा है.

पहली बार अर्जुन को अपने नाम में सिर्फ सार्थकता नजर नहीं आई, बल्कि महाभरत का दृष्टान्त सामने आने से,उसे अपने अंदर एक हिम्मत का संचार होते नजर आया

46. किस्मत का खेल

चावला परिवार को शुरू से ही दिखावे की बहुत आदत थी. ना सिर्फ चावला जी को बल्कि उनकी श्रीमती और उनकी एकलौती लाडली रीता को भी. घर में कोई नई चीज क्या आ जाए, जब तक ये तीनो प्रत्यक्ष या अप्रत्यक्ष रूप से पडोस में उस का ढिंढोरा ना पीट ले, तब इनको रोटी हजम नही होती थी. शुरू में यह आदत सिर्फ मिस्टर और मिसेज चावला की ही थी, लेकिन देखा देखी यह आदत उनकी बेटी में भी आ गई.

चावला जी का दिल्ली में एक ठीक ठाक बिजनेस था, सिर्फ एक ही लड़की थी, इस लिए उसकी हर फरमाइश को पूरा करते. रीता लाड प्यार में बिगडैल और घमंडी जरुर बन गई थी, लेकिन उसने पढाई बहुत अच्छे ढंग से की और mca करने के बाद अच्छी कम्पनी में जॉब करने लगी. माँ बाप की इकलौती सन्तान होने की वजह से उसकी अभी इतनी सैलरी नही थी, जितना उसके खर्च थे. खैर, कुछ समय पश्चात वो विवाह के योग्य हो गई.

किसी ने रीता के लिए तनेजा परिवार के लड़के रितेश के रिश्ते की बात की. चावला परिवार को रितेश का प्रोफाइल रीता से मैच करता हुआ लगा. वो भी रीता की तरह कम्प्युटर प्रोफेशनल ही था. रितेश के पिता का चांदनी चौक में थोक का बहुत बड़ा व्यापर था. लेकिन वो रहते साउथ दिल्ली में थे. उनके पडोस में किसी को भनक तक ना थी कि वो इतने बड़े व्यापारी है क्योकि वो सादगी में ही विश्वास करते थे. उनका बेटा रितेश भी उनके नक्शे कदम पर था. कुल मिला कर बहुत अच्छा परिवार था.

चावला परिवार और तनेजा परिवार ने शादी की बात करने के लिए दिल्ली के कनाट प्लेस के एक रेस्टोरेंट में मीटिग तय की. दोनों का परिवार तय शुदा जगह पर मिला. चावला परिवार तय समय से थोडा सा लेट पहुंचा. मिस्टर चावला ने बताया की ट्रेफिक जाम की वजह से लेट पहुचे. मिस्टर तनेजा ने हंस कर जवाब दिया को वो तो मेट्रो से आये है. इसलिए बिलकुल ठीक समय पर पहुँच गये. यह सुन कर तो चावला परिवार के तीनो सदस्यों को तो जैसे सांप सूंघ गया की, जिस परिवार से वो रिश्ता तय करने जा रहे है वो किसी लक्जरी गाडी में नही बल्कि मेट्रो से आया है. खैर, चावला परिवार ने बड़े अनमने ढंग से तनेजा परिवार से

बात की. अब दोनों परिवार में तो किसी रिश्ते की बात तय करने का तो कोई प्रश्न ही नही उठता था.

असल में हुआ यूं कि रितेश अपनी गाडी से पहले अपने परिवार को लेकर अपने पिता जी ऑफिस चांदनी चौक पंहुचा. फिर तनेजा परिवार ने चांदनी चौक से कनाट प्लेस का सफर बजाय गाडी के मेट्रो से तय करना ही उचित समझा, जो की मुश्किल से दस मिनट का भी नही था. जबकि चांदनी चौक और कनाट प्लेस का रास्ता सडक से तय करने में आधे घंटे से भी ज्यादा लग जाता है, वो भी ट्रेफिक और शोर शोर की परेशानी के साथ.वैसे भी तनेजा परिवार, चावला परिवार की तरह स्टेटस क्नशिय्स तो था नही की जिसे मेट्रो में सफर करने से परहेज हो.

खैर, कहानी यही खत्म नही होती. घर आ कर चावला परिवार ने तनेजा परिवार का खूब मजाक उड़ाया. मजाक मजाक में मिर्स चावला बोल पड़ी की ऐसा करते है रितेश का रिश्ता, सीमा से करा देते है. दोनों कंजूस परिवारो में खूब बनेगी. सीमा और कोई नही मिसेज चावला के नन्द की लड़की ही थी, जिसका वो हरगिज भला नही चाहती थी, बल्कि इर्ष्या ही करती थी. उसने अपनी नन्द को बताया की लड़का तो अच्छा है लेकिन कुंडली ना मिलने की वजह से रीता से शादी की बात नही बनी. आप चाहो तो सीमा के लिए शादी की बात कर लो.

और किस्मत का खेल देखो, सीमा और रितेश के रिश्ते की बात तय हो गई.

जब कुछ समय के पश्चात,चावला परिवार को तनेजा परिवार की हैसियत पता चली, तो वो अपना सिर पीट कर रह गये.

लोग क्यों भूल जाते है, जो दीखता है वो होता नही है और जो दीखता है, वो होता नही है. दूसरा, कोई आप का लाख बुरा चाहे, होता वो ही है, जो आपकी किस्मत में लिखा हो. सीमा के साथ भी तो यही हुआ.

47. नाम या दाम

दिल्ली के एक नामी मेडीकल कालेज से डाक्टरी की पढाई खत्म होने के बाद, यंहा के मेडिकल स्ट्रूडेंट्स में से किसी ने कोई अच्छा होस्पिटल जोइन कर लिया,या किसी ने पोश इलाके में में क्लिनिक खोल कर पैसा कमाना शुरू कर दिया. लेकिन इनमे से एक रोहित ने अपने गाँव जो की अब एक कस्बे में तब्दील हो गया था, वही अपने पुश्तैनी मकान के एक छोटे से कमरे में प्रैक्टिस शुरू कर दी.

उसके जिगरी दोस्त अनिल को इस बात पर बहुत ताजुब होता था और जब जब दोनों में बात होती तो वो अक्सर इसका कारण भी पूछता था. लेकिन रोहित इसे हमेशा हंस कर टाल देता और बोलता, इस तरह की बात समझाई नही जा सकती. कभी जिन्दगी ने मौका दिया तो खुद ही समझ जायोगे.

कुछ सालो बाद अनिल की शादी पक्की हुई तो उसने रोहित को खुद उसके घर आ कर निमन्त्रण देना ही उचित समझा. उसने रोहित से फोन करके उसका पता पूछा तो रोहित ने जवाब दिया, अरे पते की जरूरत नही है. एक बार आप बस स्टैंड आओ गे तो खुद ब खुद पहुच जायोगे.

अनिल जब रोहित के कस्बे में पहुचा तो बस स्टैंड के पास ही बहुत बड़ी सारी दुकाने थी. यह देख अनिल को बहुत हैरानी हुई. वो तो रोहित के कस्बे को बहुत छोटी जगह समझ रहा था. लेकिन ऐसा तो कुछ नही था. अनिल, रोहित का पता पूछने के लिए,एक दूकान में चला गया और दुकानदार से रोहित का पता पूछा. दुकानदार ने उसे अपनी दूकान में बैठने के लिए बोला और अपने नौकर को कोल्डड्रिंक और बिस्कुट का पैकेट लाने के लिए बोला. अनिल यह सब देख कर हैरान था. उसे कुछ समझ नही आ रहा. फिर दुकानदार का इतने प्यार से दिया हुआ कोल्डड्रिंक और बिस्कुट का आफर अनिल से ठुकराया नही गया. उसके बाद दुकानदार ने अपने नौकर को कहा, इन साहब को डाक्टर रोहित के क्लिनिक पर छोड़ आयो.

जब अनिल, रोहित के क्लिनिक पहुंचा तो, देखा रोहित, अपने छोटे से क्लिनिक में मरीजो को देख रहा है. हर किसी से बहुत कम फ़ीस ले रहा था या किसी से तो एक पैसा भी नही. अब अनिल को समझ आ

गया था की दुकानदार ने उसे इतनी इज्जत क्यों बक्शी थी. यह उसके दोस्त रोहित की वजह से ही था. जब रोहित ने अपने सब मरीजो को देख लिया तो अनिल ने रोहित को गले लगा लिया और बोला तू सही कहता था, बहुत सी चीजो को समझाया नही जाया सकता, उसे समझने के लिए, हुबहू होना पड़ता है..... वाह रोहित, हम सब तो पैसा कमाने में लग गये.,लेकिन, लोगो से इज्जत और प्यार कैसे कमाया जाता है और इसकी कीमत क्या होती है, यह आप जैसे देशी लोग ही समझ सकते है, हम जैसी शहरी तो कतई नही.

48. यातायात के नियम एवं रिश्त

मेरे एक मित्र जोकि रिटायर्ड ज़िन्दगी गुजार रहे है मुझे आप बीती सुनाई जिसमें काफी हद तक सच्चाई मालूम जान पड़ती है. उनकी पत्नी बीमार है जिसको तीमारदारी के लिए उनकी इकलौती रईस रसूक वाली बेटी तीमारदारी के लिए अपने घर ले गई है. वो बेटी के घर नहीं रहना चाहते. उन्होंने अपना पैसा एवं जायदाद अपनी पत्नी के नाम कर दिया है. वह अब गुमनामी की ज़िन्दगी व्यतीत कर रहे है. वो एक छोटी सी बस्ती के आश्रम में रहते है. गुजारे के लिए सरकारी पैंशन मिलती है उसीसे अपना काम चलाते है| रोटी के लिए इधर उधर भटकते रहते है. कोई मित्र खाने पे बुलाता है. निसंकोच उसके यहाँ खाने पर चले जाते है.

एक दिन उनके एक मित्र ने उन्हें अपने यहाँ खाने पर बुलाया. उन्होंने खुशी खुशी निमंत्रण स्वीकार कर लिया और उसके घर के लिए अपनी पुरानी सी स्कूटी जो शायद कभी उन्होंने अपने अच्छे वक्त में ली होगी, लेकर चल दिये. पुराना सा हैल्मेट सिर पर था. सरकारी नियमों का पालन करने की भरपूर कोशिश करते है लेकिन शायद उनकी किस्मत उस दिन अच्छी नहीं थी. उनसे थोड़ी चूक हो गई.

वो अपने घर से लगभग 29 किलोमीटर का साफ सुथरी यात्रा कर चुके थे. वक्त के पाबंद है. दोस्त का घर आने वाला था. दोस्त को मिलने का दिया हुआ वक्त हो रहा था. अचानक सामने रेडलाईट पर संकेत सूचक 45 सैकिंड दिखा रहा था. वो जल्दी में थे उसीपे नजर टिका कर रख्खे थे. समय चल रहा था. उन्हें दाहिनी और मुड़ना था. रेडलाईट के पास आते आते 29 सैकिंड हो चुके थे. उन्होंने खुशी खुशी में अपनी स्कूटी दाहिनी ओर मोड़ दी.

आगे चार यातायात पुलिस के लोग घात लगाये बैठे थे. उन्हें रूकने का इशारा किया. वो रूक गये.

एक पुलिस वाला उनके पास आया और कहने लगा अपना लाईसेंस दीजिए| उन्होंने दे दिया. वो पुलिस वाले को कहने लगे मुझे अपने मित्र के पास समय पर पहुँचना है. कृपया जाने दीजिए. उसने एक ना सुनी और कहने लगा आपने यातायात के नियम को भंग किया है आपको न्यायालय

में 5000 रूपये का चालान भुगतना होगा. वो मिन्नत करने लगे कि उन्हें सिर्फ पैंशन मिलती है उन्हें ये दंड बहुत भारी पड़ेगा वो इस उम्र में कहाँ धक्के खायेंगे. कृपया उन्हें माफ कर दिया जाए. उनसे गल्ती अंजाने में एवं दोस्त से मिलने की जल्दबाजी में हुई है. उन्हें पता नहीं था कि 30 सैकिंड के बाद दाहिने मुड़ने वाली लाईट बंद हो जाती है और यातायात सिर्फ सीधा चलता है. आगे से वो और ज्यादा ध्यान रखेंगे. पुलिस वाला नहीं माना. वो बोला मैं आपका नकद का सबसे हल्का चालान 1000 रूपये का बिना हैल्मेट का कटवा देता हूँ. वो फिर अनुरोध करने लगे कि उन्हें बख्श दिया जाए. वो नहीं माना और कहने लगा चलो 500 रुपये दो और यहाँ से जाओ. उनका कोई रसूक वाला माई बाप तो था नहीं जो उन्हें बचा लेता. उन्होंने 500 रुपये दे दिये और मित्र के घर के लिए चल दिये.

मुझे समझ नहीं आ रहा मैं क्या कहू. उन्होंने जो 500 रूपये रिश्वत के दिये वो गल्त थे या सही थे. पुलिस वाले लोगों को यातायात के नियम समझाने के बजाय घात लगा कर खड़े होते है. भारी भरकम चालान से बचने के लिए उनकी तरह के अन्य लोग उन्हें रिश्वत देते है वो सही है या गलत.

हो सकता है पुलिस वालों को बदनाम करने के लिए मेरे मित्र मुझे कोई झूठी कहानी सुनाकर मुझसे पैसे मांगना चाहते हो.

चलो खैर मैं कोई टिप्पणी नहीं करना चाहता. मेरे मित्र झूठ बोले या सच मैं उनकी कोई मदद नहीं कर सकता| ये एक प्रजातांत्रिक देश है. यहाँ कुछ भी हो सकता है.

49. दो विभाग दो दोस्त

अभिनव और मानव दोनों ही दक्षिणी दिल्ली के एक ही प्रतिष्ठित स्कूल से पढ़े थे. उसके उन बाद दोनों ने एक साथ ही देश की अग्रणी सस्थायो से कर्मशः इंजीनियरिंग और ऍम बी ए की डिग्री हासिल की. लेकिन इतना लम्बा साथ भी इन दोनों की 'जान पहचान' उसे दोस्ती में परिवर्तित नहीं कर सका. हाँ, ऍम बी ए करने के दौरान अंतिम सेशन में एक ही प्रोजेक्ट पर काम करने पर उनमे थोड़ी सी निकटता जरुर आई. लेकिन उसे दोस्ती का नाम दिया जाए. ऐसा नहीं था. दोस्ती हो तो भी तो कैसे, दोनों एक दूसरे के बिलकुल विपरीत. यदि एक उतरी ध्रुव था तो दूसरा दक्षिणी ध्रुव. दोनों भी एक ही समानता थी, वो थी दोनों ही विलक्षण प्रतिभा के धनी थे. लेकिन यंहा मानव गंभीर और सिमित संबधो मे विश्वास करने वाला था. वही मानव हंसमुख और खुले दिल वाला था.

दोनों ने ही कंप्यूटर साइंस से इंजीनियरिंग की थी और उस समय कंप्यूटर सोफ्टवेयर का व्यवसाय जोरो पर था. ऊपर से उन दोनों के पास ऍम बी ए की डिग्री अलग से थी. इसलिए दोनों ने इसी छेत्र में हाथ आजमाने का फैसला किया. लेकिन दोनों की एक ही विवशता थी, वो थी सिमित पूंजी का होना. दोनों ही मध्यम वर्ग से संबध रखते थे. उनकी विश्वता ने उन्हैं बिजनेस पार्टनर जरुर बना दिया. दोनों ने एक ऑफिस किराये पर लिया और कंप्यूटर सॉफ्टवेयर का कारोबार शुरू कर दिया. दोनों की सूझबुझ,मेहनत और उपर से किस्मत का पूरा साथ, उनके व्यवसाय ने दिन दूगनी और रात चौगनी तरक्की की. उनकी कम्पनी अब एक बड़ी कम्पनी बन गयी थी, जिसकी टर्न ओवर अब लाखो से करोडो मे हो गयी थी. कम्पनी में काम करने वालो के संख्या भी अब बहुत हो गयी थी और साथ मे दोनों का काम भी बहुत बड गया. ये देखकर, दोनों ने मिल कर कम्पनी के काम काज की रूप रेखा तैयार की और कम्पनी मे होने वाले काम को आपस में बाँट लिया और ये भी फैसला किया गया की छोटे मोटे फैसले तो वो खुद निपटा लेगे, लेकिन किसी बड़े फैसले मे दोनों की सहमती अनिवार्य होगी. HR यानि कम्पनी मे काम करने वालो कर्मचरियों के प्रशासनिक मामलो का जिम्मा मानव के हिस्से आया. कम्पनी का काम सुचारू रूप से चलने लगा, कम्पनी की तरक्की की रफ़्तार कायम रही.

लेकिन कुछ समय बाद कम्पनियों के मे, हर स्तर पर काम करने वाले कर्मचरियों ने मानव को अपनी तनख्वाह बढाने के लिए बाकायदा प्राथना पत्र लिखने शुरू कर दिया. सबकी एक ही दलील होती की जब कम्पनी मे मुनाफा बढ़ रहा है तो उनकी तन्ख्वाह भी बढनी चाहिए. मानव ने इस बारे मे अभिनव से बात भी की लेकिन उसने साफ़ मना किया, हम दोनों अपनी मेहनत और प्रतिभा से मुनाफा कमा रहे है न की इन कर्मचरियों की बदौलंत. जिसने काम करना, वो यंहा रहे और नही रहना चाहे तो जाए. हम अपने मुनाफे के लिए व्यवसाय कर रहे है. हमने किसी दया धर्म की दुकान नहीं खोल रखी. मानव, अभिनव की बात से सहमत तो नही था, लेकिन वो इस मामले को तूल नही देना चाहता था. लेकिन समस्या तब आई, जब बाकयदा कर्मचारियों ने किसी कारणवश कंपनी से लोन लेने मानव को प्राथना पत्र देना शुरू कर दिया. किसी को अपनी बहन या बेटी के विवाह के लिए लोन चाहिए था या किसी को अपने परिवार के सदस्य की बीमारी के इलाज के लिए और कुछ कर्मचारी तो बाकयदा मानव से मिल कर अपने लिए लोन की गुहार करते. अपने कर्मचारियों की दयनीय और विश्वसनीय हालत मानव को द्रवित कर देती. उसे बता था, कम्पनी के खाते मे करोडो रूपये है और उसके कर्मचारी लोन ही तो मांग रहे है, कोई खैरात तो नहीं. लेकिन अभिनव के पहले वाला रूखे जवाब से, उसने इस मामले को दुबारा उठाना उचित नहीं समझा. एक बार तो कम्पनी का कर्मचारी उसके पैरो पर गिर कर गिड़गड़ाने लगा. उसके जवान बेटे को एक्सीडेंट हो गया था, और उसे जल्द ही उसके आपरेशन के लिए पैसे जमा कराने थे. लेकिन मानव विवश था.

उस दिन मानव का मूड बहुत ख़राब था. उसने घर जा कर ना किसी से बात की और डिनर के लिए भी मना कर दिया. उसने अपने आप को एक कमरे मे बंद कर लिया. जैसे वो किसी पाप का प्राश्चित कर रहा हो. उसकी यह हालत देखर, उसके पिता उसके कमरे मे गये और इस सबका कारण पूछा. पिता के बार बार पूछने पर उसने अपनी परेशानी का कारण बता दिया. उसके पिता ने सलाह दी की वो यह वाला काम मानव को ही दे दे और उसके बदले में दूसरा काम ले ले. मानव को यह समस्या का हल नही लगा. लेकिन उसे अपने पिता के अनुभव और समझदारी पर विश्वास था. और अगले दिन इस मामले मे अभिनव से बात की. अभिनव को मानव की बात पर कोई आपति नहीं थी और उसने कर्मचारियों के जुड़े मामले खुद ले लिए.

लेकिन जब मानव से भी उसके कर्मचारीयो ने लोन लेने के लिए मिलना शुरू किया तो अभिनव के अन्दर का दिल भी पसीज गया. उसके

कर्मचारी इतनी मजबूरियों के साथ जीते होगे,उसे इस बात का कोई अंदेशा नहीं था. उसे अपनी जिम्मेदारी का एहसास होने लगा. ऊपर से उसे यह भी लगने लगा की ईश्वर की अनुकम्पा से उसे भाग्य का इतना साथ मिला. किसी तरह का निर्दयी भाव, कही उसके ईश् को रुष्ट न करदे. अब उसे किसी अनिष्ट का भी डर सताने लगा. कहना न होगा, उसने मानव के साथ न कर्मचारियों के लोन का प्रवधान किया बल्कि अपने कर्मचारियो की तन्खाह भी अच्छी खासी बड़ा दी.

जब मानव ने यह खबर अपने पिता को दी तो उन्होंने कहा मुझे बता था, ऐसा ही होगा,क्योकि वास्तविकता को जानने के लिए व्यक्ति को खुद उससे दो चार होना पड़ता है. किसी की कही बात और आँखों देखी बात मे बहुत फर्क होता है. और ये बात इसी कालेज मे पड़ कर नहीं बल्कि बाल सफ़ेद कर के सीखता है. उस दिन के बात मानव समझ गया अनुभव अपनी जगह होता है और कोई भी पढाई लिखाई उसका स्थान नहीं ले सकती.